Older, But Better, But Older

★

THE ART OF GROWING UP

40過ぎてパリジェンヌの思うこと

カロリーヌ・ド・メグレ　ソフィ・マス

古谷ゆう子 訳

早川書房

OLDER, BUT BETTER, BUT OLDER

by

Caroline de Maigret and Sophie Mas

With the collaboration of Anne Berest and Audrey Diwan

Copyright © 2019 by

Caroline de Maigret, Sophie Mas, Anne Berest, and Audrey Diwan

Translated by

Yuko Furuya

First published 2021 in Japan by

Hayakawa Publishing, Inc.

This book is published in Japan by

arrangement with

Susanna Lea Associates

through Japan Uni Agency, Inc., Tokyo.

装幀・本文フォーマット：吉村亮（Yoshi-des.）

"年を重ねるなんてたいしたことではない。
あなたが「チーズ」でないのなら"

——ルイス・ブニュエル　映画監督

CONTENTS

イントロダクション

年を重ねるということは、必ずしも楽しいことばかりではな
いかもしれない。でも、人生で起こる他のあらゆることと同
じように、笑い飛ばしてしまったほうがずっと軽やかに、う
まく付き合えるようになる。

装いにきらめきをもたらすかのごとく、それがどんなシチュ
エーションであっても、ユーモアは深刻さを吹き飛ばし、少
しの喜びをもたらしてくれる。

どんなこともリアルに、正直に語ってくれた先人たちに魅せ
られ、影響を受けてきた。

だから、私たちも彼女たちと同じように、経験してきたこと
を包み隠さず、素直に打ち明けたいと思う。

神経質になるか、信頼してみるか。抵抗するか、受け入れて
みるか。情熱的に燃え上がるか、一度冷静になってみるか。
くだらないな、と思うような個人的な話から、不思議で仕方
がないと感じる、普遍的なエピソードまで。

日常の一瞬一瞬を切り取り、さらけ出してみたいと思う。
頷いてくれることも、ちょっと引いてしまうようなことも、
思わず声をあげて笑ってしまうことも、きっとあるんじゃな
いかな。

けれど、年を重ねることで深みが増し、人としての厚みがで
きる。さまざまなエピソードを通して、そんなことも実感し
てもらえるはず。

1.

変わること、変わらないこと

もう昔とは違うんだな、
と思わずにはいられない
いくつかの事柄

・清々しい気持ちで目覚めたのに、みんなに「だいぶお疲れでしょ」と言われるとき。

・ほくろが気になり皮膚科に行っただけなのに、「ボトックスしたいのはどこ？」と医者に真顔で尋ねられるとき。

・30歳くらいの年下男子がパーティーに現れたと思ったら、こちらを一瞥すらしなかったとき。

・男性の性格や人となりを知るだけで、彼がどんな恋愛をしてきたか想像できてしまうとき。

・フランス大統領が自分より年下だと知ったとき。

・そんなに酔っぱらうはずのない飲み会で、二日酔いになってしまったとき。

・本音を言うと、シャワールームよりベッドでセックスしたいと思ってしまうとき。

・**腹筋を鍛えるためというよりは、有酸素運動をするためにジムに行かなければと思うようになったとき。**

・「私、毎日メイクをしている！」と気づいてしまったとき。

・**二十歳の頃の写真を見ては「なんてひどい顔」とずっと思っていたのに、「意外といい顔をしていたな」なんて思うようになったとき。**

・旬の俳優や歌手がわからなくなったとき。

・**他人からは「セクシーな眼差しをしているね」と言われるけれど、自分としてはメガネを取り出すのがイヤで、ただただ目を細めてなんとか文字を読もうとしているとき。**

・「あなたのことは、オムツをしていた頃から知っているよ！」なんてつい口にしてしまうとき。

・**10年前のエピソードを披露したつもりでも、じつは20年前のものだったと気づいたとき。**

・「明日のために早く寝よう！」と前日からいそいそと準備をしてしまうとき。

・**自分が辿ってきた道を「意外と魅力的なんだな」と思えるようになったとき。**

・「これから家に帰れる！」と思うだけで、足取りが軽くなるとき。

・同僚に「何年生まれ？」と聞いたら、自分が大学を卒業した年だとわかった
　とき。

・「もう一人子供を産むつもりはあるの？」と、もはや誰も聞いてこなくなっ
　たとき。

・若い女の子に「いつの日かあなたみたいになりたい」と言われたとき。

・ピルをもらうためでなく、マンモグラフィーを受診するために婦人科に行く
　ようになったとき。

・身体の一部に痛みを感じ、「このまま自分の人生は終わってしまうのではな
　いか」なんて考えが頭をよぎったとき。

・片方の目が、もう片方の目よりも小さくなったとき。

・オンライン上で生まれた年を選ぼうとして、スクロールしてもスクロールし
　ても見つからなかったとき。

・スマホの顔認証が寝起き顔ではまったく反応しないとき。

・「年齢の割に、イケてるんじゃない？」なんて言われるとき。

・若い女の子たちのピュアな話に「そんなこと思うなんてバカじゃない？」と
　思いつつも、とりあえず笑って取りつくろってしまうとき。

・頬に枕の跡がついただけ、と思っていたのに、一週間たっても消える気配が
　ないとき。

When you think that's a pillow mark on your cheek, but it's still there a week later.

頬に枕の跡がついただけ、と思っていたのに、
一週間たっても消える気配がないとき。

もう一度
恋に落ちた日

・彼はレオナルド・ディカプリオではないかもしれないけれど、初デートして以来、一度も蒸発したりしていない。

　　・同じ国で育ったわけではないけれど、いまでは同じ言語で日々会話ができている気がする。

・彼は、自分が理想としていた男性とはまったく違う。でも、嬉しいことに現実はフィクションを超えてくる。

　　・彼の髪はもうすっかり薄くなってしまった。その代わりと言ってはなんだけれど、誰にも負けないほどの語彙力がある。

・若い頃は流行りに乗ろうとする人では決してなかった。でも、ヘミングウェイの「老人と海」をしっかりと読んでいる大人へと成長した。

　　・バスに乗り遅れそうになったとき、猛ダッシュするほどの脚力は彼にはもうない。でも、誰よりも合理的な近道を知っている。

・彼には何人もの子供がいる。自分もそうなんだし、それはそれでいいんじゃない？

「男性のほうが素敵に年をとる」
なんて誰が言った？

高校時代の友人たちとの久しぶりに食事会。昔から仲良しだったけれど、予定を合わせるのもなかなか大変で、最近は2年に一度くらいしか集まれなくなった仲間たち。

久しぶりの楽しい時間。みなの笑顔に懐かしさがこみ上げる。思いやりにあふれた表情、笑いが絶えない楽しいエピソード。

テーブルを見渡し、一歩引いたところから改めてみんなを見てみると、あることに気づいてしまった。彼女たちが放つ"美しさ"だ。長い人生のなかで奮闘し、困難を乗り越え、そして自分なりの栄光を手にしてきた。試練を乗り越えながら、懸命に生きてきたことがわかる。

けれど、ただがむしゃらに奮闘するだけでなく、みな自分の身体をケアし、異性を誘惑しようという気持ちを秘めているように見えた。ちゃんと自分が理想とする女性のイメージに近づけよう、という姿勢が見える。

では男性陣はどうか？　というと、少しだけ話が違ってくる。

確かに、シワには、それぞれが辿ってきた道が刻まれている。熟成したワインのごとく、年を重ねるごとに男性はみな深みを増していく。これは、みなが少なからず感じていることだとも思う。"魅力的なグレーヘアの中年"なんて言い方もあるくらいだし、シワが多ければ多いほど経験豊かで、セクシーだと思われているふしもある。脇についたぜい肉も、なんだかんだで魅力的だ。

つまりは、とくに努力は必要ないってこと？　いや、むしろ逆で、そうなるべく努力が必要なのか。無造作ヘアで目尻にシワがあって、顔色があまり良くなくて、ビール腹であっても、魅力的な中年になれると思い込んでいる輩もいそうだしね。

なんだか不公平だなって思う。でも、それって言い換えれば男性はもう、闘いに負けて試合放棄しているようなものではないか、と自分に言い聞かせる。女性は、美しくいられるように男性の倍の努力をしているんだ。

おかしな話だな、とは思うけれど、現実を違う角度から見て、思い込みを捨ててみると、新たな発見がある。女性だって、男性と同等かそれ以上により良く年を重ねていくことは可能なんだ。

20代とは
こんなに違う！

白ワインを飲むと、　　　　　　赤ワインを飲むと
　　　　胸が高まる。　　　　　　歯に着色汚れが残る。

お尻に少しだけ肉がつく。　　　　やつれた顔にシワが増える。

ランニング中に膝を痛め　　　　　ヨガをして退屈で
　　　　激痛が走る。　　　　　　死にそうになる。

　　　　　　若いマダム　　　　　年のいったマドモアゼル

　　若い男の子と歩く　　　　　　年上の男性と歩くと
“クーガー女” に見られる。　　　　パトロンがいるように見られる。

夜中の０時過ぎに家に戻る。　　　朝８時前に起きる。

SPF70の日焼け止めを選び、　　　顔色を良くし、
　　　　塗りたくる。　　　　　　目尻のシワを隠すのが最優先。

　　　　髪を染めて　　　　　　　自尊心を傷つけられながらも
　　　　傷める。　　　　　　　　白髪の存在を認める。

「母親のようにはならない！」　　既に母親に似ていることを
　　　　と誓う。　　　　　　　　認める。

彼がこんなにも
特別な理由

ーティーに到着するなり、彼から目が離せなくなった。端整な顔立ち、自信に満ちた表情。周囲にいる友人たちも、彼と一緒にいられることがなんだか誇らしそうだった。

これまで一度も見かけたことがなかったけれど、一瞬で恋に落ちた。彼が放つオーラからは、私たちを待つ明るい未来が容易に想像できた。

南仏の小さな家で過ごす夏の夜。木製のテーブルを囲み、ロゼワインを片手に、いまの世界について言葉を交わす。ベッドに子供を寝かせた後も、まだまだ温かい南仏の空気に包まれる。

視線を交わすと、彼が私の方へ近づいてきた。少し話をするだけで、自然と笑顔があふれる。お酒を飲み、互いの気持ちを確かめ合った。彼は私にキスをして、その夜は私の部屋で過ごした。

こんな素敵な雰囲気、この年代の男性では感じたことがない。

私に触れる時の手の感じも、優しくまっすぐな気持ちを私にぶつけてくるところも、どれをとっても私が長く待ち望んでいたものだった。甘い言葉を囁き、私のことを「美しい人」と呼ぶ。もう何度となく、私のことを褒めてくれた。

彼は決して饒舌な人ではない。自分のことは必要最小限しか話さない。日々どんな生活をしているのかはほとんど話してくれず、口を開けば一度聞いたら忘れられないような壮大なエピソードばかり。彼はその瞬間瞬間を懸命に生きている人――。ここ数年ともに過ごした、ただ神経質なだけで、本当は自分が何をしたいのかわからないような男性たちとはまるで違う。

実際のところは、彼も本当はどうしたいのかをあまり表には出さないけれど、

何より、穏やかで、一緒にいて安心できる。

そして、彼は何を差し置いても私を求めてくれる。お昼時には熱いメッセージ
を送ってくれて、いますぐ私が必要だ、と気持ちを伝えてくれる。結果的に、
彼が望むままに自分は姿を現し、消えていくことになっても、そうした行為は
逆に私を狂わせ、燃え上がらせた。

彼が纏っているミステリアスな雰囲気が好きだった。でも彼がどんな人なのか、
実のところあまり知らない。オンライン上には仕事に関する情報しかないし、
知るかぎり共通の友人もいない。私をパーティーに連れて行ってくれた、幼な
じみのピエールならもっと彼のことを知っているかも。彼を呼び出し、家の下
のカフェで話を聞いてみることにした。ピエールにはまず、彼と私の愛の日々
を包み隠さず話してみた。

二人で過ごした、このうえなく幸せな時間。「夢じゃなければいいな」と何度思っ
たことか。本当に気が合う人とは、出会うべくして出会ってしまうんだね！

この感覚は次の恋を見つけるのに参考になるから心に留めておかなければ（も
しまだ次があるのならね）。相手に少しでも違和感があったら我慢してはいけ
ないんだね。極端に合うか、合わないか、そのどちらかなんだね。ピエール、
彼にはね、うまく表現できないけれど、他の人にはない、特別な雰囲気がある
の。その雰囲気こそが彼という人間をつくり出していると言ってもいいくらい。
ピエールは少しだけ顔を赤らめ、下を向き、穏やかな声でこう口にした。

そうだね、君の言う通りだ。確かに彼は他の人にはない、特別なものを持って
いる。そしてそれを他の人には決して言おうとしないんだ。いい、よく聞いて。
彼に特別な雰囲気をもたらすもの。それは他でもない、「妻と二人の子供」だね。

ルーズさを
味方につけて

　私は自分のお尻が大嫌い。理由なんてない、ただただ嫌いなんだ。自分のお尻のことをここまでイヤになったのは、17歳の夏。クラブにいた時に男が近づいてきて、「君のお尻は大きくて垂れ下がっているね」なんてわざわざ指摘してきたことがきっかけだった。

彼のことは知らなかったし、きっと酔っていたのだと思う。もしくは、他人のコンプレックスをネタにナンパするのが趣味の不愉快な奴だったのか。私のような体型の持ち主に声をかけるのが自分の使命かのごとく、わざわざその場に現れたのか。でも、考えようによってはそんな男に声をかけられた自分は、ラッキーだったのかもしれない。

彼の言葉は、私に思いきりダメージを与えた。同時に、自分のなかの謎がようやく解けた気もした。他人には見えていたけれど、私自身は見えていなかった景色というものが初めて見えた。自分の体型を考えることなく、さまざまな場所に気軽に出歩いていたけれど、これを機に少し真面目に考えてみようと思った。

次の日の朝、早速ビーチでの振る舞いから変えてみた。ビーチタオルを敷いたところから海に向かってクラブウォークをしてみる。手をついて筋力トレーニングのごとく腰を上げて進む。骨盤が安定しないのにイライラしながら。これなら他人からは後ろ姿が見えないだろう、と自分に言い聞かせながら。

それから数週間後。新学期を迎える9月のある朝、その後の自分が進むべき方向を決定づける問題が湧き上がった。高校の最終学年の初日、私はいったい何を着るべきか、という問題だ。私の身体の一部は重力にあらがえないのだから、それをどうにかしなければ、と思った。

バギーパンツを持っていなかったから、兄弟のクローゼットに侵入してみた。そこで、私は茶色いテイラードパンツを見つけた。引きずらないよう上に引き上げて、ベルトをきつく締めてみた。トップスには白いシャツを拝借。一番上のボタンは外した状態で着たので、気づけばキャサリーン・ヘップバーンのような装いに。キャサリーン・ヘップバーンのエレガントでモダンな感じに、いつも私は憧れ、影響を受けてきたんだ。

みんなが服に釘づけになってくれれば、というのが当初の目的だったけれど、それは思っていた以上の反応をもたらした。学校では、みんなが私の新たなスタイルを褒めてくれた。

自分のスタイルや雰囲気、そしてそれをどう生かしながら服を着るかを考える初めての経験だった。あえてディテールにこだわり、ピンポイントで力を入れていくことが全体のスタイルをより魅力的なものにする。そのことがわかってきた。大嫌いな場所をひたすらワイドパンツで隠していたつもりだったけれど、このパンツをはくことで、ルーズで無頓着な感じ、ノンシャランな魅力はつくれるのだということに気づいた。**自分の身体に課された制約を逆手にとって、私は自分が好きなスタイルを築き上げることができたんだ。**

自分のスタイルが生まれたのは、あの夜、クラブで声をかけられ、恥ずかしい思いをした自分がいたから。そんなこと、にわかには信じられないかもしれないけれど。

このパンツをはいたことで、
ルーズで無頓着な感じ、
ノンシャランな魅力はつくれるのだ
ということに気づいた。

この年になっても
毎回忘れてしまうこと

・「これはヴァカンス中にやろう」と休暇中に仕事の予定を立てるなんて、意味がないということ。

・**自分はアルコールにはたいして強くないということ。いまだに５杯飲んでもまともな状態でいられるなんて思っている。**

・義理の両親と一週間の旅行を計画してしまうこと。実際には一週間なんて長すぎて、週末だけで充分。

・**新しい恋はいつも思いがけない"お荷物"とともにやってくるということ。ワーカホリックの人だったり、いつも出張中の人だったり。ときには元妻や子供がいるなんてことも。**

・"挑むべき闘い"は選ばなければいけない、ということ。すべての挑発や困難に立ち向かおうとして、そのために大切な時間を奪われるわけにはいかない。

・幸福は、自分の心を整えた先に現れるということ。幸せは自分自身のなかから生まれる。

・なんとなく怒りっぽくなっているのは、ただ生理が近づいているからということ。

・鏡の前に立つ時はしっかりライトを当てなければいけない、ということ。どう見えるか以上に、それを見て自分がどう感じるかが重要だから……。

・恋をして心がかき乱されても、それは退屈よりもずっといいということ。

・ジムなどで運動することは、精神衛生上不可欠であるということ。

・携帯の連絡先に「大バカ者」と登録しているのに、うっかり電話に出てしまう。なぜ自分がそんな名前で登録していたのか、後から思い出すことになるにもかかわらず。

メイクのちょっとした秘密

年齢を重ねることで得られる良いことの一つに、「自分に何が似合うか」がわかるようになる、ということがある。自分に似合う色やしっくりくるアイテムをうまく使いこなせるようになる。ブラシにも、クマ隠しのコンシーラーにも、お気に入りのブランドというものがある。自分を美しく見せるためのスキルを身につけたら、それを続けるのがいい。そんなふうに思っているかもしれないけれど、「似合うメイク」は年齢とともにアップデートする必要がある。肌は毎日少しずつハリを失っているし、輪郭も少しずつ緩んでいる。肌の色も少しずつくすんでくるからだ。

次にあげるのは、どれもちょっとしたメイクのコツ。少し意識するだけでこれまでとは違う雰囲気をもたらしてくれる。

*冬は日光の量が減るため、メイクのトーンも全体的に上げることで少しだけ明るく輝いて見える。

*年齢を重ねると、髪の毛がどんどん言うことを聞かなくなってくる。これまで以上に「スタイリングする」ことを意識してみるといい。

*肌は以前ほどスベスベではなくなっている。化粧水なども浸透しにくくなっているので、必要以上にのせすぎないこと。

*朝、起きるのがつらく顔もむくんでいるなと思ったら、冷凍庫から氷を取り出して、顔や目の下にのせてみても。これは年齢を重ねるにつれ有効となるちょっとした"対処法"。とはいえ肌の上に直接のせたりはしないこと。布のタオルなどに包み、顔の下から上に向かって優しくすり込むようにしてみて。目の下に冷やしたアイパッチマスクを使えばより効果的。

顔色について

＊顔色を良く見せたいときは、光にうまく反応するファンデーションを使って
みるといい。サラッとしたテクスチャーの保湿クリームと下地を混ぜて使う
のも一案。

＊肌が輝いていれば、それだけ年齢が若く見える。おすすめは、ウォーターベースのファンデーションやパウダーファンデーション、そしてビューティーバーム。肌をなめらかにしてくれるような、どれも軽い使い心地で厚塗りにならないものがいい。オイルベースのファンデーションは欠点を目立たせてしまうこともあるので気をつけたいところ。

＊チークはなるべくクリームタイプのものを選び、パウダーはのせすぎないこと。パウダーは細かいシワに入り込んでしまい、シワをかえって目立たせてしまうことも。

目元について

＊目を強調したいなら、それぞれの目のきわに黒のアイライナーを使ってみて。

＊目の下に必要以上にコールを使ってしまうと、顔全体の印象を暗くするだけでなく、目の下のクマを強調してしまう。その代わり、柔らかいトーンで、落ち着いた色合いのアイシャドーを。

＊アイライナーをひく場合は、まぶたの縁に届くか届かないかのところでラインを羽のようにきゅっと上げてみること。自然な上向きのラインを描くことで、少しだけ猫目に見えるようになる。

＊グリッターなどが入ったカラフルなアイシャドーはシワを目立たせてしまうことも。マットなアイシャドーがベター。

＊眼角の内側はなるべく明るい色味。年齢とともに暗くなりがちになるので、そのほうが全体的に明るく見える。

＊まつ毛はビューラーで必ず上げること。それだけで、目元が印象的になる。

　　　　　　　　　　　　　　　　　　1. 変わること、変わらないこと

＊どんなに面倒でもマスカラだけは忘れないで。昔ほどまつ毛が豊富ではなく、
　存在感がなくなっているということを心に留めておくこと。

＊ベージュやトープカラー、そしてブラウンやブロンズといった色を使えばど
　んな時もシックな印象になる。ワインレッドやさくらんぼ色、栗やチョコレ
　ート、プラムといったものを想像させるような、肌のトーンが暗めの人は、
　紫やブルー、淡い色を使えば肌の色とのコントラストになる。

眉毛について

＊眉毛も年齢とともに薄くなるものだから、一本一本にちゃんと気を配って。
　まず下向きにとかしてまばらなエリアをペンシルで埋める。それから、それ
　を上に向かってかきあげ、クリアジェルで仕上げる。それだけで、まぶた全
　体も上がった印象に。

＊栗色、もしくは濃い茶色のアイブローペンシルを使うこと。黒だけは避けて。

口元について

＊年齢とともに唇の輪郭がぼやけてきているとはいえ、リップペンシルで大げ
　さに描かないほうがいい。その代わりにリップコンシーラーで輪郭を整える
　と、唇に厚みを持たせることができる。

＊濃い色の口紅は老けて見えるだけなので要注意。

　　　　　　　　　　　　　　　　1. 変わること、変わらないこと

キース・リチャーズ
ならどうする？

「目は旅をするべき」——。これはファッション誌「ヴォーグ」の元編集長、ダイアナ・ヴリーランドが何度となく口にしていた言葉だ。彼女が編集部を率いていた1960年代、「ヴォーグ」はアーティストや知識人といった人々に注目し、とても大切にしてきた。ショーのためだけじゃない。彼らは、スタイルと本質、その両方において非常に意味のある、中身の濃い議論を交わすことができる存在だったからだ。そこで得られるインスピレーションというものは、ファッションだけに影響を及ぼすわけではない。「独自のスタイルを持つこと」ではなく、単に「洋服」について話すことのほうが圧倒的に多いなか、そうした考えはとても貴重だったのだ。

芸術的な表現にはなるけれど、「スタイルを持つ」とは、自分を知ることでもある。私たちはみな不完全であるということを知り、そのなかでベストの形を模索する。私たちを導いてくれる哲学であり、その時々の気分や考えによっても変化していく。

スタイルとは、世の中の匂いや香りのようなものを自分に取り入れながら、世界に歩みを進めていくための手段だ。私たちのなかにある個性やセンスというフィルターにかけ、自分だけのものにしていく。

以下は、迷ったときにスタイルを参考にしたい3人の“ミューズ”たちだ。

気に入ったジャケットに袖を通したはいいけれど、あまりにもピッタリで年を重ねた女性にはちょっと厳しいかな？　そんなふうに思うときは、自分にこう問いかけてみるといい。
こんな時、**キース・リチャーズ**ならどうするだろう？　と。彼ならきっとローライズパンツに前ボタンを外したシャツと組み合わせるんじゃないかな。胸元を見せて、ネックレスを重ねるのだろうけれど、そんな“やりすぎな感じ”さえ彼は恐れないんだろうな。

　　　　　　　　　　　　　　1. 変わること、変わらないこと

お次はマーク・ロスコ。なぜ画家の名が？　と少し唐突に感じる人もいるかもしれない。ロスコの作品を通して私たちが知るのは、"色使い"そのものについて、そして「赤」はほかの色と組み合わせることでより強い印象を与えるようになる、ということ。例えば、濃いブルーの服に赤を取り入れることでワンランク上の着こなしになる。赤にオレンジのアクセサリーを合わせてみると、強いオリジナリティが生まれる。クローゼットを開けてすぐにロスコの絵が思い浮かぶというわけではない。でも、美術館に行き画家たちの作品に触れることで、私たちは知らず知らずのうちに多くのことを吸収している。それらは私たちのなかに少しずつ蓄積され、気づけばインスピレーションを与えてくれるようになる。

年齢を重ねるということは、精神の解放にもつながる──**グレイス・ジョーンズ**は、自身のスタイルでそのことを誰よりも強く表現している。一つ身につけるだけで強烈な個性を放つアイテムを一つどころか二つ重ね合わせてしまう。「やり過ぎに思われるかな？」なんて葛藤を一切見せない姿勢が、彼女のスタイルをアップデートしていく。真っ赤な口紅に肩パッド、蛍光のレギンスにトムボーイカット……。彼女にしかできないスタイルを自ら表現し、周囲の視線を集めてきた。自分のやり方で、心からやりたいことを実現する。自分の気持ちに正直に、そのスタイル、そして生き方を貫いた。

愛は
壮大なゲームだ

独身生活に最初の別れを告げたとき、「愛」というものをどこか真面目なものとしてとらえていた。結婚するくらいの相手なら恋愛感情もどこまでも長く続くものだと思っていたけれど、過去の情熱的な恋愛同様、気づいたら終わりを告げていた。

再びもとの世界に戻れば、そこにはよく知るかつての世界が広がっていると思っていた。

つかの間の一人の楽しい時間、本来の自分を取り戻すために必要な人生の小休憩。友人たちに再び独身に戻ったことを告げ、「次に進むためにはみんなの協力が必要だから、いいアドバイスがあったら言って!」とお願いしてみた。案の定、みな我先にとアドバイスをくれた。言ってしまうと、それらのアドバイスは一つのことに集約されていた。言い方はそれぞれ違うけれど、ひとことで言えばこんな感じだ。

「アプリはダウンロードしたの?　プロフィールは作成ずみ?」

別れたばかりの女性が望むことはただ一つ、相手とヨリを戻すこと。でも、残念ながらその願いが叶う確率は限りなく低いから、親しい友人たちはやたら私を心配してくれた。これから私はどんな道を進むべきか。事細かにアドバイスしてくれた。

いい？　これからの恋愛（もしくはセックスライフ）はすべてゲームによって決まるんだからね。それはグローバルスケールのもので、ロールプレイングゲームのようなもの。そこではね、みな自分のアバターみたいなもので自らをさらけ出していくの。まあ、それは自分自身であって、自分自身でないみたいなものと言えるんだけれどね。退屈な日常におさらばできるから、後でチェックしてみるといいよ。

いまはみんなオンライン上で出会うの。珍しくて一部の人しか使っていないと思われていたものは、いまや世界のスタンダードになったんだよ。スマホを持っていない？　なら異性と肌を重ねるチャンスすらないだろうね。充電が切れた？　ああ、もうセックスライフとはおさらばだね。

昔からの友人であり、数カ月前にこの手のアプリに身を投じたJは、あまりにピュアで、ナイーブで、そしてやや困惑した私の表情を見て笑った。この10年、いったい何をやっていたんだ？　と。うたかたの幸せを手にしていたよね（少なくともそう思っていたよね）。そこで人々の恋愛話に多少は聞き耳を立てていたよね。うまくいくマッチングもあれば、そうでもないマッチングもある

　　　　　　　　　　　　　　　1. 変わること、変わらないこと

って知っていたよね。君にとっては「マッチ」って、テニスの試合を思い出す
くらいだろうけれどね。いまや「マッチ」って言葉は、恋愛ゲームを指すって
わかっていなかっただろうけど。

「いや、恋愛ってある意味スポーツだとも言えるけれどね」と、Jは笑顔で言
う。目の下にはくっきりとしたクマがあり、なんだかお疲れの様子。「疲れて
はいるけれど、なかなか幸せなものだよ」。Jはご丁寧にそう言ってきた。彼
はもちろんオンライン上にプロフィールを作っている。忙しく働いている人だ
し、スケジュールはいつもぎっしりだ。
目の前には存在しないたくさんの"バーチャル女性たち"といくつもの会話を
同時進行で交わしている。まるで、大量のたまごっちの世話をしているみたい
だ。つねに彼女たちのことを気にして、美しい言葉を重ねることで、「自分は
大切にされている」と思わせる。

「途中で誰が誰だかわからなくなって、ごっちゃになってしまうこともあるん
だけれどね」と、Jは笑う。「同じ相手に二度同じ話をしてしまったり、途中
でどこまで話をしたかわからなくなってしまったり」。ある意味、"セクシャル
NGO"だなって思う。相手が誰であろうと、とりあえず尽くしてみる。男の
人と寝たこともあるし、一度に二人の女の人と寝たこともないわけじゃない。
本気の恋に落ちてしまったこともある。このゲームは、未知の世界に導いてく
れるものなんだ。まったく知らなかった世界、経験がそこにはあって、自分が
解放されていくような感覚がある。それが病みつきになる、と彼は言う。

とはいえ、アプリをダウンロードして、言われた通りにやってみる、なんて気
にはまだまだなれない。向こうから問答無用にやってくる機会に身を投じるな
んて、まるで"人生の職業紹介所"に足繁く通うみたいなものだ。そう、時間
は待ってくれない。そしてこの世の中には、いい男が圧倒的に足りない。女性

がみな安定を求めている、ということもあると思うけど。

何よりこのゲームには終わりが見えない。たとえ相性のいい相手に出会うことができたとしても、もっと良い相手がどこかにいるのではないかと思い込んで、永遠に相手を探し続ける。これが"ゲームの規則"だ。こんなふうにお膳立てされた出会いは、どれもこれも計画的なもので、陳腐極まりない。たとえ一定期間一緒にいたとしても、すぐにソワソワし始める。なぜなら、新しいたまごっちが現れて、「私はここにいるよー」と叫び出すから。そして新しく現れる人々は当然ながら新鮮味があって可愛く感じられる。だからまたアプリに戻ろうとする。極めて悪循環。そう言えるんじゃないかな。

でも、正直に言うと、そこに身を投じるのに躊躇してしまう理由は他にもある。
恋人と別れてからというもの、自分の身体に意識を向けることが増えた。
そして、年を重ねた分だけ体重も変化していることにも気づいてしまった。元カレと過ごしていた時は、自分の体重がどれだけ増えたかなんて、考えることもなかった。
でも、ともに過ごした時間を反映するかのごとく、体重も増え、目に見えてシワも多くなった。恋人と仲良く過ごしていた時は、時間がもたらす真実から目を背け、言ってみれば"休戦状態"にあった。そうしたことを理解しようとする力も衰え、あまり深く考えることもなかったと思う。

でもいま、裸で鏡の前に立ち、真っ新な状態の自分を見つめ直して思うことはただ一つ、「もう、二十歳ではないんだな」という揺るがない現実。
矯正メガネをかけて初めて、自分の身体の輪郭というものがはっきりと見えた。そんな感覚だ。
自分を甘やかすことなく、お尻まわりについた肉と対峙してみる。
残念ながら、膝まわりの皮膚を見て思い出されるのは、シワシワのリネン。
加えて、おヘソの下には二つのイニシャルが彫られている。
こればっかりは、言い逃れができない。見たら誰だって、それが何を意味する

かはすぐにわかるだろう。自分と付き合っても、「所詮、僕なんてお下がりだ」と思われてしまう。

恋愛関係に発展したとしても、それから先にどうやって進めていったらいいのかわからない。

そんな考えに支配され、心がどんどんかき乱されていく。だから、密かにインストールしていた、Jという名の裏切り者が教えてくれたアプリを削除することにした。

そんなことを思いながら日々を過ごしていると、「母の日」が近づいてきた。

お祝いをするべく、生まれ育った田舎の町にやってきた。

なんだかんだ言って、この日は母と過ごしたい、と思ってしまう。母のいる場所は、私にとって大切な"逃避所"。恋人と別れたことによって、その存在は再び大きくなっているようにも感じる。

実家は、言ってみれば「かつて自分がいた世界を思い出させてくれる場所」だ。

父は、静かに新聞を読んでいる（もちろんデジタルではなく、紙で）。

そんな父に対して、母は「暇だ、退屈だ」なんていちいち口にしない。きっと、この先もそうやって日常が続いていく。ありきたりな夫婦の形を、いまはなんだか愛おしいとさえ思う。

いざ帰ろうとすると、帰りのチケットを予約していないことに気づいた。

少しでも長くいたいという気持ちがどこかにあったのかもしれない。

もちろん、電車は満席で、今から予約はできない。

そんなとき、父は新聞から頭を上げて、「相乗りアプリを使ってみれば？」と言ってきた。

一瞬、驚きつつも、「父でさえ便利なテクノロジーに屈しているのか」なんて考えたりもした。私にとってこれは、一歩踏み出してみるチャンスなのかも。そう思うことにした。

　　　　　　　　　　　　　1. 変わること、変わらないこと

ある投稿に目がとまった。ティエリー、32歳。
彼は一時間後に、町の中心を出発するらしい。

口コミの評価は高い。安全運転、ユーモアもあるらしい。
早速、自分のプロフィールを作ってみることにした。そして、リクエストを送る。
ちょっとだけ待ってみる。
数分たっても、返答なし。衝動的に、何度もページを更新してみる。
なんだか頭に血が上ってきて、同時に不安な気持ちも芽生えて、なかばパニックになった。

すると、こともあろうに、ティエリーからの同乗拒否のメッセージが届いた。
まったく、なんてこと‼　もう、相乗りすることさえ許されないの？

今後、マッチングアプリの「Tinder」に登録することなんてないんだろうな。
少なくともいま、自分ではそう思っている。

もう、あの頃とはちがう！

WHEN THE PRESIDENT OF FRANCE IS YOUNGER THAN YOU.

フランス大統領が
自分より年下だと知ったとき。

完璧ではない私への讃歌

高校で人気者だった女子たちのことを覚えている？　生まれながらにして、完璧な歯並びをしているような女の子たち。ニキビができたり、足が臭かったり、といった思春期特有のホルモンの悩みに右往左往している私たちとは違い、いつも涼しい顔をしているような。あの頃の彼女たちは生きていること自体が不安……なんて微塵も感じさせなかった。朝食にはパン・オ・ショコラを食べ、おやつには砂糖たっぷりのクレープを、そし

てデザートにはプロフィトロールを食べるのに太る気配もない。女王蜂のように振る舞っても誰からもとがめられない。ずっとそんなふうに思っていた。まわりには、ぐんぐんと伸びていくキノコのようにいつも男の子たちが群がっていて、彼女たちはかがみ込んでその中のお気に入りの一人を見つけて自分のものにすればいいだけだった。

あれから随分と時が流れた。彼女たちはどうしているだろう？

名前を聞かなくなって、もう数年がたつ。当時はイットガールだった彼女たちの存在感は次第に薄くなり、その代わりと言ってはなんだけれど、他の女子たちの存在感が増していた。まさかこんなに人目を引くようになるなんて、誰も想像すらしなかったタイプの女子たちだ。若い頃は目立たなかったし、外見的にも完璧とは言いがたかった。でも、持って生まれた身体を受け入れながら、精一杯自分の人生を歩んできた女性たち。

彼女たちのなかには、欠点をトレードマークに変えてしまう人もいた。たとえば、「鼻が高くて目立ちすぎる」と言われていたとしても、それを"色気"に変えてしまう。歯並びが悪かったとしても、「意外とキュートだね」なんて褒められることもあるみたいだ。

10代の頃は大嫌いだった、"完璧からはほど遠い感じ"を自分のなかで熟成させていく。それは個性を作り上げるうえでの大きな強みになっていく。

欠点があるからこそ、私たちは「美しさの基準」というものをもう一度考えてみようとする。自分の欠点を味方につけた時に初めて、そのことが本当の意味でわかるようになる。

自分が望むような顔で生まれることができてラッキーだなと思う人もいれば、決してそうではない人もいる。でも、人生にはそうした不平等を覆すだけの時間がある。これは、とても幸運なことだと思う。

もう、あの頃とはちがう！

WHEN YOU HAVE MORE HANGOVERS THAN ACTUAL PARTIES.

そんなに酔っぱらうはずのない飲み会で、
二日酔いになってしまったとき。

親愛なる私のお尻へ

私の身体の一部であるあなたのことを、忘れたことなんてない。
あなたもまた、私から離れたことがなかったよね。
何をするにもずっとそこにいてくれた。にもかかわらず、
私にとってあなたは、ずっと隠したい存在だった。

こんなに大きな、二つの月。
このお尻から、逃れることなんてできないだろう。
私があなたの惑星だとしたら、なぜいつもあなたの軌道に縛られていなければ
いけないの？　と思う。

まだ若かった90年代、「もっと小さくなってよ」と私に言われ続けていたよね。
シャツを無理やり引っ張っては、「こんな大きなお尻、見えなくなればいいの
に」って祈っていた。

イヤなことがあれば、全部あなたのせいにしていた。
いくら望んでもどこにも行ってはくれないし、私がどうにかしようと思ったと
ころで、何も変わらなかった。
補正ガードルなんてものをはいた日もあった。もっと存在が薄れればいいのに、
と思ってやっていたことだけれど、それをはいたことでもっと惨めな気持ちに
もなった。
いつになったら、私の言うことを聞いてくれるようになるのだろう。
そんなことを思いながら、その日が来るのをひたすら夢見ていた。

あなたのせいで私はこんな思いをしているんだって呪ったこともある。
それはあなたのせいでは決してなく、いわゆる社会通念のせいだったのに、そ
んなこともわからずにね。お尻の膨らみ方は一人一人違うし、それが個性なん
だということもわかろうとせず、キュッと引き締まったお尻でなければならな

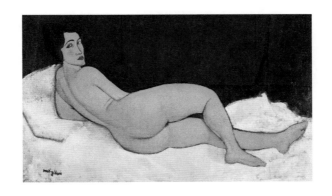

いと思い込んでいた。

それから何年もの時を経て、私の考えも少しずつ変わってきた。

そして、なんて浅はかな考えをしていたのだろう、と今さらながら気づいた。

もっとお尻が小さくて目立たない存在なら、自分はもっと幸せになっていた、と思っていたけれど、世の中のトレンドに従う必要なんてなかったんだ。

そんなものは、生まれてはすぐに消えていく。

時間と共に私のコンプレックスは少しずつ熟成され、やがて私の考え自体も変わっていった。何があろうと、私のお尻はここに居座り続ける。

今ならそのことが実感を持って理解できる。

もう二度と、この膨らみを隠したりはしない。

愛おしささえ芽生え、ようやく好きになることができるようになった。

心からごめんね、と言いたい。私から離れないでね。

丸々と太った、そのままの状態でいてほしい。

いまさらこんなことを言うなんて、図々しいよね。

「なんでそんなことを思っていたの」なんて、まわりからは言われるだろうな。

それでも、堂々と言わせて。

私のお尻へ、愛しているよ。

1. 変わること、変わらないこと

.

2.

40代、喜びとメランコリー

ミッドライフ・
クライシス

気がつけばずっと同じ曲を聴いている。頭のなかは男の人のことでいっぱいで、何もする気が起きない。毎日決まった時間だけでも、きちんとした大人であらねば。そう自分を奮い立たせる。

でも、脳内で繰り広げられる妄想のなかではいつもどこか遠いところにいて、時々「自分はまだ15歳なのでは？」なんて感じることもある。

それは、いままさにミッドライフ・クライシス（中年の危機）の真っ只中にいるから。

そんな時期が来るということを誰も前もって教えてくれなかったし、そもそも「ミッドライフ・クライシス」というものがいったいなんなのだか、みんなも

よくわかっていないのかもしれない。「危機」という言葉が使われている時点で、どこか恐ろしさや痛みをともなうもののように感じてしまう。その言葉を聞いて真っ先に思い出すのは、「医療危機」や「住宅危機」、「職業危機」といった類の言葉だから。

だからこそ、ミッドライフ・クライシスというものが、じつはこんなに味わい深いものだなんて思いもしなかった。まるでヴァカンスに来ているみたいな感覚。熱中したいこと、楽しみたいこと、そして心躍るもの、自分が生き生きしていると感じられるものに集中できるなら、その他はすべて投げ出してもいいと思える。こんな感覚、人生で一度も味わったことがなかったな。

ミッドライフ・クライシスはどちらかというと、男性特有のものだと思っていた。

自分が禿げるなんて耐えられない、受け入れられない。「人生が終わった」なんてならないよう、あがき続けている中年男性のものだ、と。だから、自分に降りかかってくるなんて思いもしなかった。「これがラストチャンス！」とばかりにあと先考えずに気合いを入れてジェットコースターに乗り込み、頭がフラフラして、気づくとモラルがどこかに吹っ飛んでいる。まるでそんな感覚。

ほかの女性たちはどうなのだろう、と周囲を見渡してみる。道ゆく人々の多くは私と同じような秘密を抱えているのだろうか。自分ではどうにもならない、この厄介で複雑な感情を。

こんな特別な日々を記憶に残しておくべく、感情を書き留めておくことにした。喜びと恐怖が相まった、この矛盾した感情を。根拠のない自信とどこか感覚が研ぎ澄まされている感じは、思春期真っ只中にいた10代の頃の心の揺れに似ている。このごちゃごちゃした感情も、いつかきっと“過去のもの”になるのかな。「危機」という状態は、多くの場合過ぎ去ってから初めて語られるものだから。この感じ、なかなか悪くない。神様、ありがとね。

美容整形を巡る葛藤

フランスでは、「あの人、美容整形したんじゃない」なんてわかってしまうと、いろいろな意味で"失敗"だとみなされる。それはとても文化的なものだと思う。あくまで好みの問題であり、ほかの女性が美容整形をしたことに口を挟む権利などとこにもない、という考えもある。

とはいえ、みな興味を持つテーマであることは確か。顔をいじるってどんな感じなんだろう。単純に知りたいと思うから、ネット上で「整形前、整形後」の写真を探してみたりもする。そのうえでやっぱりためらってみたり、改めてじっくり考えてみたり。結局どうすればいいのだろう、何が正解なのだろう──そんな堂々巡りが続く。

整形はアリ（＋）？　ナシ（−）？
感情が入り混じるとき

＊誰かの顔を真似て、その劣化版みたいになるのなんてイヤ！（−）

＊自分自身のなかの最も良いバージョンにアップデートしていきたい（＋）

＊自分のシワを恥じるなんてことはしたくない（−）

＊以前とは違う自分になることを否定する必要なんてある？（＋）

＊できるだけ長い時間、魅力的な存在でありたい（＋）

＊魅力的になる方法を教えてほしいけれど、他の人と同じやり方ではイヤ（−）

＊鼻の形で人生は変わる。そう信じている自分は決して自意識過剰ではないと思う（＋）

＊豊胸手術をしても、たいして思い通りにはならなかったうえ、生死をさまようかのような体験だったことを思い出した（−）

＊他人が自分をどう見ているかを気にして、自分を変えなければいけないものなの？（−）

＊他人のためにやっているんじゃない、ほかならぬ自分のためにやるの！（＋）

＊本気で「困った」と思うことがない限りは、手を出さずにもう少し待ってみようと思う（−）

＊可能な限り、何も触らないでおこうと思う（−）

＊始めるのが若ければ若いほど、将来的にシワは少なくなる（＋）

＊術後の後遺症で苦しむのなんてイヤ（−）

＊最終的に醜い顔になるなんて耐えられない（−）

＊年をとっているようには見られたくない（＋）

＊鏡に映る自分を、ある程度プライドを持って見つめていたい（＋−）

もう、あの頃とはちがう！

When you share an anecdote from ten years ago and realize it's actually been twenty.

10 年前のエピソードを披露したつもりでも、
じつは 20 年前のものだったと気づいたとき。

これだけはイヤ！

＊新しくできた二重まぶた

＊「マダム」と呼ばれること

＊肌がたるんでいるのを実感する瞬間

＊二十歳くらいの子と出かけると「お母さんですか？」なんて尋ねられること

＊毎朝メイクをしなければいけないこと

＊若くて可愛らしい男子がこちらを見ようともしないこと

＊数年前に撮ったパスポートの写真をじっくり見られること

＊あちらこちらに飛び出ている白髪

＊美味しいものを少し食べるだけで１キロ近く太ってしまうこと

＊両親が病気にかかりやすくなったこと

＊どう考えても自分とは思えない写真

＊一つ一つの行動に責任がともなうようになったこと

＊なんだかんだで、年を重ねるということ

存在をなくした女

　　　ーティーにたたずむ、ミステリアスな女性——。それは、ずっと私
パ　のはずだった。
　　　男の人たちからは、本当にそう呼ばれていたのだ。けれど、そんな
彼らもいまでは私のことを「マダム」と呼ぶ。しかも、何か必要に迫られたと
きにだけ。

「マダム、タバコを一本くれない？」

急に言われても（そんなこと急に言われたらさすがに驚くでしょ）。
でも、この突然現れた男は私にある忠告をしてくれた。

「時とともに物事は変わっていくんだよ。」
でも、私自身がそのことをなかなか認めたくないから、真に受けようとは思わ
なかった。

問題は、この「物事が変わる」のがとてもゆっくり、段階的に進むということ。
フェイスラインが徐々にもたついていくように、そして気候変動がゆっくりと
進むように。時間をかけて変化していくから、「私もそんな扱いになったの
か」と自覚するまでにどうしても時間がかかってしまう。

もはや私は男性たちにパーティーでチヤホヤされる対象ではない。

この認めたくない現実に気づかされ、受け入れるまでに数ヵ月、もしくは数年はかかったと思う。我先に、と飲み物を取ってきて、ダンスフロアではただただ私だけを見つめる。そわそわした様子で電話番号を聞いてきて、「家まで送ろうか」と声をかけてくれる。私のまわりには、そんな男性はもういない。

彼らの目に映ることのない、"存在をなくした女"になったんだ。話しかけてきた相手も、私に話しかけているようで、視線はフロア全体に泳がせている。そして、「ちょっと飲み物を取りに行ってくるね、一緒に話せて楽しかったよ」という言葉を残して、置き去りにする。

そう考えると、残された選択肢は限られている。

オプション１：どこへも行かず、とりあえず夜は家で過ごす。パーティーもレストランも、ナイトクラブも結婚式もすべてスルー。21時には眠りにつく、あえて非社交的でノリの悪い人間になってみる。そうすれば、存在のない女としてイヤな思いはしなくてすむはず。それはそれで、退屈でつまらないかな、とは思うけれど。

オプション２：参加者の平均年齢が自分よりも上のイベントにだけ顔を出す。例えばチャリティディナーやオペラ鑑賞、定年祝い、そして初婚ではなく２、

3度目だという人の結婚パーティー。そんなことを考えるなんてバカげている？　自分でもそう思うけれど、少なくとも「マドモアゼル」と呼ばれる存在に戻ることができる。

オプション3：“存在をなくした女”からもう一度“存在感のある女”になる。パーティーで視線を集められるよう、カウンターの端に立ち、ノンシャランな雰囲気を醸し出す。電話番号を聞かれるのをただ待つのではなく、自らその場を動かしていく。自分の持てる力をすべて使い、周囲にアプローチしていく。そして会話を仕かけていく。

プライドを捨てなければいけないし、アプローチをしても跳ね返されることもあるかもしれない（「私の母の友達だっけ？」なんて言われることもあるだろう）。でも、自分がその場に馴染んでいるかどうかを気にするのではなく、積極的に踊りに行き、音楽に身を委ねてみる。相手をその気にさせるのではなく、自分から攻めてみる。声をかけられるのをはにかみながら待っているのではなく、大きな声を出して笑ってみる。
それでたとえ一人で家に帰ることになったとしても、もっと若くて可愛い女の子に出会い、若さというものを突きつけられたとしても、仕方がない。
そこまでやれば、きっと心が満たされて笑顔で眠りにつくことができるようになる。若返りという意味では、高価なナイトクリームを買うよりもずっと安くつくはずだから。

2. 40代、喜びとメランコリー

20代が本当に
ベストだったと思う？

フランスの作家で哲学者のポール・ニザンは「アデン アラビア」
（1931年）のなかで、こんなことを書いている。「僕は二十歳だっ
た。それがひとの一生でいちばん美しい年齢だなとと誰にも言わせ
まい」。フランス人の多くの心にあるこの言葉は、いつもどこかで心の支えに
なっていて、ふとした瞬間に思い出す。私だって、20代が人生で最高の時だ
ったなんて思ってはいない。

それまではずっと、素晴らしい20代を送りたい、ワクワクして、ロマンティ
ックな日々を過ごせるように、とひたすら願いながら過ごしていた。望んだ通
りになんて、ならなかったけれど。特別なことなんて、何一つ起きなかった。
そして、何も起きないことこそが、大きな悩みだった。気ままに過ごせるはず
の10年なのに、私にはとても重く、苦痛に感じられた。

二十歳の頃はなんて真面目だったのだろう、といまは思う。自らチャンスを摑
もうとすることなく、ただただ無力であることを嘆いていた。でも、ただでさ
えカオスなこの世の中で、リスクを取ることなんてできただろうか。
自分の人生を生きようとする前から、自分の人生が終わってしまうことを恐れ
ていた。生きることに慎重になりすぎていたんだ。自分は誰にもなれないんじ
ゃないか、と怯え、いったい誰になればいいのか、その手がかりのようなもの
さえ見つけられずにいた。「本当の自分」でいることをやめ、自分のなかで作
り上げた偽りの自分になろう、となぜか必死になっていた。

簡単に下せる決断なんて何一つなくて、一つ一つの決断はその後の人生を大き
く左右し、自分の人生に刻まれ永遠に消せない、とさえ思っていた。自分の人
生を歩むための一歩を踏み出す前に「成功しなきゃ」と、勝手に意気込んでそ
の重みを抱えた。そうやって自分を窒息させ、苦しめていたんだ。

何を選んでも間違った方向に進んでしまうのではないか。自分は駅のホームに
一人立っているような状態で、周囲のみなはそれぞれ電車を待っている。みん
なは目的地に向かう電車がわかっているけれど、自分だけ行先も、行先が書か

　　　　　　　　　　　　　　2. 40代、喜びとメランコリー

れたマニュアルもない状態で立っているような気分だった。正しいタイミング、正しい場所で生まれることができなかったんじゃないか。そんな気さえした。本当に必要とするものを持って生まれてくることができず、自分の選択によってどんどん自分自身が追い込まれてくるのではないか。そう思うととにかく怖かった。まるで一度結婚したら、そこからなかなか抜け出せないように。

＊いまではまったく怖くないようなことも、当時は恐ろしくて仕方がなかった。

＊自ら手を伸ばさない限り、誰も私にそれを与えてくれたりはしない。必要なのは、「自分でやろう」と、自分自身に言い聞かせて決断することだったりする。

＊もう、自分の身に起きる不運な出来事を嘆いたり、後悔したりはしない。

＊一見失敗のように思えたとしても、そこに小さな成功が隠れていたりすることもある。

＊たとえ道を誤っても、結果的にアリだったなんて思うことも。

＊自分が持って生まれたものに対して、感謝の気持ちが芽生えてきた。

＊一日一日を大切に過ごすべき、ということがわかってきた。人生とは毎日の積み重ねに他ならないから。

＊失恋したからって泣きじゃくったりしない。人は何度でも恋に落ちると知っているから。

＊どうすれば人を愛し、愛されることができるかを知っている。

＊同じ失敗を繰り返さないためにも、ときに心を新たにすることも大切。

＊笑顔は、人生で最も強い武器になる。

＊人生の先にはもっといいものがある。

＊嵐の後には、必ず光が差し込む。

＊楽しくなければ一生懸命に働くことなんてできないし、逆に一生懸命に働かなければ本当の意味での楽しさはない。

＊人に何かを与えられる人であれば、それはいずれ自分に返ってくる。

＊もし行き詰まったらそこに執着しすぎないこと。強行突破するのがいいとは限らない。その代わり、抜け道がないか探してみる。

＊永遠に続くものなんてない。

＊身体を動かし、汗を流すことは精神の健康につながる。

＊二十歳の頃よりも今のほうが幸せ。当時は誰もそんなこと教えてくれなかったけれど。

あの日のパスワードが
意味するもの

日常のなかで、自分のWi-Fiのパスワードについて考えることって意外と少ない。最初になんとなく決めてしまえば、あとはパソコンが勝手に記憶してくれる。だから、それ以降は特別何かをする必要もない。仕事もサクサク進む。でもね、じつはこれが大きな落とし穴。「あなたのWi-Fiのパスワードは？」と聞かれる日は、ある日突然やってくる。

はっきり言って、絶対に人には教えたくない。
なぜなら、いま思えばこのうえなく間抜けなパスワードを設定してしまっていたから。私のパスワードは、「Glamour 30」。

それを聞いた人は、何か深い意味を見出そうとするんだろうな。何か特別な理由があって、あえてこのパスワードにしたのではないか、と。でも、実際のところは全然違う。

何か深い意味があるんでしょ、なんて言われた日には全身で否定したくなる。好きな形容詞というわけではないし、自分を一言で表現しようとしたわけでもない。深い意味も何も、パスワード設定時に働いていた雑誌の名前でしかない。そして、そのとき私はたまたま30歳だったというだけのことだ。かつて自分は女性誌の編集部で働いていたということを思い出させてくれるものではあるけれど、いまとなってはまるで別世界のように思える。もはや「30歳」でも何でもないので、遥か昔のようにも感じる。
そう、なんて言ったって「Glamour 30」。90年代のイケていないポップミュージックのタイトルのようだ。

こんな経験ない？　と友人たちに尋ねてみると、みな少なからず同じような経

験をしていることがわかった。ある友人は、自分の苗字と元夫の苗字をパスワードに入れているから、二人が別れたいま、それは二人を結びつける唯一無二のものに。まるで、セックスの体位がしっくりこないみたいで、居心地の悪さすら感じるらしい。彼らはもう、お互い面と向かって話すような関係でもないというのに。

別の友人は、「自分の人生、音楽なしではありえない！」という当時の気持ちをそのままに、あるバンドの曲のタイトルをパスワードにしていた。でも、そんなパスワード、10代の頃を永遠に忘れられないアラフォー女子みたいで、なかなか痛々しい。

別の友人は、ルーターに書かれていた番号をそのままパスワードとして使っていた。数字やアルファベットがひたすら並んでいるだけの味気のない番号だ。とくに紙に書き留めることなく、そのまま打ち込んでしまうような番号（ちなみに今もその番号はどこから引っ張ってきたのかわからずにいる）。「ここに長く住むことはない」なんて最初は言っていたけれど、結局引っ越しをすることなく、思いのほか長く同じところに住んでいる。

無意識に設定しているにもかかわらず、その人物のことを如実に表現している。パスワードが持つ心理的な意味合いが、少しずつわかってきた。パスワードは、その瞬間瞬間を一つの形として刻む。たいして良いとも思えないスナップショットのように、オンラインの世界のなかに留まり続ける。できることなら、その頃に戻って、パスワード自体を変えたいとも思うけれど、どう変えればいいのか、アイデアさえ思い浮かばない。

最近、コンピュータプログラムに関する本を読んで、彼らが大衆に向けてどのようにITシステムを構築しているのかを知った。そこでは「直感的」という言葉が何度も使用されていた。つまり、これらのシステムはおもに若い人々が利用することを前提に設定されているから、彼らは深く考えることなく、使いこなせるようになるのだ。

ところが私たちは、システムを濫用するかのごとく、意味もなく検索して、ク
リックをして、時に罵声を浴びせ、10回連続で同じようなことをすることも
ある。思う限りのボタンを押してもみるも、まだ動かない。イライラしてきて、
パソコンに向かって話しかける。「もう、なんなのよ！」なんて、気づくと鋭

い口調で話しかけていたりもする。それでも動く気配はなし。そしてそこで、自分は「直感に反すること」をしている、と知る。これは、「私と古いパスワード」についても言えること。だから、自分はもう永遠の30歳のグラマー・ガールであることをやめる。過去にとらわれることもやめる。

運が悪いときというのは重なるもので、翌日には実家で両親と食事をすることになっていた。そんな気分には到底なれなかったけれど、「自分は "glamour girl" なんだ」と言い聞かせ、とりあえず向かうことにした。困ったことにこの単語がいっこうに頭から離れない。

母はテーブルセッティングをしながら、叔父や叔母の近況報告をしてくる。私からは一切尋ねてもいないのに。次の瞬間、あの奇妙な音が響き渡った。母は突然身体の向きを変えて、テーブルの上にドン!　とスマホを置いた。そして父の方を向き、「本当はこんな機械なんて持ちたくなかった、こんな不快極まりない機械なんて!」と言い放った。

そして、「電話機能しかついていない、シンプルで扱いやすい昔の携帯のほうが良かった」と。私はそのスマホをゆっくり手に取り、「バイブレーション」設定に変え、母に返した。その瞬間、母が羨望の眼差しで私のことを見ているのに気づいた。

そうか、ある意味私は若さの象徴であり、彼らの前ではテクノロジーに精通した "いまの時代の人"。その感覚を私は存分に味わうことにした。この勝利の感覚、意外と悪くない。

私はもうパスワードを変えることはできないだろう。でも、なんだか言い訳ができた気がする。すべてが瞬く間に時代遅れになってしまう、スピード感あふれるこの世界。
家族のお陰で、突如テクノロジーと和解できた気さえしている。

20歳のときの顔は、自然に与えられたもの。
でも、50歳のときの顔には
あなたの価値がにじみ出る。

———ココ・シャネル　ファッション・デザイナー

もう、あの頃とはちがう！

When you no longer know who all the hip actors or singers are.

旬の俳優や歌手が
わからなくなったとき。

より良く年を
重ねたと思うとき

ひょんなことから若い頃の写真を見つけた。もう20年も前に撮られたものだ。昔はこんな感じだったんだ、と自分でも驚かずにはいられなかった。

いまの自分が屈辱的に感じるほどに、身体全体から若さを感じる。多少丸みをおびてはいるけれど、全体的に引き締まっていて、それでいて無垢で若々しい感じもした。かつてはこの身体を求めてきた男の人が何人もいた、という事実をここ最近は忘れかけていた。

昔は自分の身体が大嫌いだったなんて、いま思うと信じられない。「ここはもっとこうだったらいいのに」「この部分が目立ちすぎるんだよ」と事あるごとに批難していたなんて。胸が思うほど大きくはない、お腹全体が出過ぎている、太ももは張っているし、お尻が真っ平……。いつも欠点を見つけ出しては、"パーフェクトでない身体"がイヤで仕方がなかった。

でも今となっては、たいした理由もなく自分の身体に苛立っては文句を言い続けたことを後悔している。実際のところは、そんなに悪くはなかったのに、いつも不機嫌でいたなんて時間を無駄にしていたな、とも思う。いま思えば完璧とも言える身体つきだったのにもかかわらず、そんなこと、自分では知る由もなかった。何度かの妊娠を経たいま、イヤで仕方がなかった身体を懐かしく思わない日はない。時の経過とともに、肌も筋肉も衰えを感じずにはいられない。

でもね、逆説的ではあるけれど、こんなふうに思うこともある。

欠陥だらけのいまの身体でも（決して比喩ではなく文字通り欠陥だらけなんだけれど）、昔よりももっと快楽を感じることがある。

自分のセックスライフについてよくよく考えてみると、この写真が撮られた20年ほど前は、いまとは比べ物にならないくらい、つまらないものだったなって思う。自分の身体のことを充分にわかっていなくて、ただ自制心を失っている感じだったし、本当はどうしたいのか、自分の欲望みたいなものを自分でよくわからずにいた。

それからの20年間でいろいろ学んだことで、自分の本当の姿や本心みたいなものがわかった気がする。

いまなら、自分がどうしたいのかがわかり、欲するまま身体が動くようになったし、細かいところまで、繊細な楽器のごとく自分で奏でることができるようになった気がする。自分ならではの"コード"が感覚的にわかるようになり、奏でるのが難しい部分をマスターできるようにもなった。

昔はあえてしなかったようなことにも、挑戦してみようなんて思うようにもなった。自分が求める快楽について、言葉にするようになったし、よりオープンに話せるようになった気もする。ただ知り得たノウハウをそのまま実践するのではなく、パートナーの意識に耳を傾け、そのうえで自分自身がどうしたいのかを大切にするようになった。

いまどうしたいのか、相手に尋ねる前に躊躇うこともなくなった。

相手の喜びと自分の喜びを追求しようとする。時に、自分の快楽だけを追求しそうになることもあるけれど、利己的になる自分も受け入れようとしている。ベッドでの振る舞いがいいかなんて、知ったことじゃない。誰だって相性のいい相手もいれば、悪い相手もいる。大切なのは、いまここにいて、その一瞬一瞬を生きているということ。ポルノみたいに振る舞うつもりはないけれど、自分自身で快楽を見つけたいと思うし、それを相手と共有したいという気持ちはある。

セックスライフについて考えてみると、いまのほうがインスピレーションにあふれ、情熱的で自由になれた気がする。完璧な体型をしていた20年前に比べてもずっと。年を重ねることで得られる素晴らしさってあるんだな。いまはそんなふうに思う。

2. 40代、喜びとメランコリー

もう、あの頃とはちがう！

WHEN YOU GO TO THE OBGYN FOR MAMMOGRAMS RATHER THAN BIRTH CONTROL.

バースコントロールよりも、マンモグラフィーのために
産婦人科に行くようになったとき。

こんなこと初めて！

これまで数えきれないほどの「初めて」を経験してきた。乾いた唇でのファーストキス、高まる胸の音。仕事をするようになり初めて給料を手にしたときも、なかなか感慨深いものがあった。3日で消えてなくなりそうなくらいの金額だったけれどね。

はりきってメイクをして初めてクラブを訪れた日。足を踏み入れるなり、どうしたら人々を誘惑することができるかばかりを考えていた。みんな私のことをどう見ているんだろう。そんなことを考え始めると、その場にいる人々と視線を合わせるのが怖くもあったけれど。

恋に盲目になって、相手を初めて家に連れ込んだ日のこと。両親は困惑しつつも、いつもと変わらず気さくに応じてくれた。

真っ暗な映画館で一人映画を観て心震えた日。初めて高速に乗って、飛ばした日のこと。

初めて税金を納め、一人の大人として襟を正さなければと思った日。

別れを切り出されるなんて思ってもみなかったけれど、あっさりと恋人に捨てられた日のこと。これ以上つらいことなんてない、と思うほど絶望の淵にいたけれど、乗り越えることができた。それには自分でもびっくりしたくらいだ。

処女を失った日は、意外にも何も変わらなくて驚いた。アパルトマンで一人暮らしを始め、一人で迎えた初めての夜……。

喜びの瞬間も、悲しみに包まれた時間も、なぜか少しだけ興奮して、自分のなかで一つの時代が終わり新しい時代が始まるのだと思えた。振り返ってみると、どの瞬間も愛おしくてたまらない。一つ一つの瞬間の積み重ねが、自分を成長させてくれたのだと素直に思う。

年齢を重ねるにつれ「初めて」の経験はどんどん少なくなってくるけれど、完全になくなるわけじゃない。まだまだ初めては経験できる。これまで見たこともない形で、もっともっと複雑さを纏ってやってくる。

数年前、初めて白髪を見つけたとき、意外にもそんなに驚かなかった。なぜなら、友人のなかには25歳くらいですでに白髪が生えている人もいたから。

でも、今回経験した「初めて」にはさすがに呆然とし、少しだけ恐怖も感じた。見つけた瞬間、強い衝撃を受けた。"その一本"がこれ見よがしにこちらを見ている——。そう、アンダーヘアに白髪が混じっていたのだ。まさかこんな日が突然やってくるとは。

もう一度見直して、強く引っ張ってみる。でも、なかなかそこから抜けてはくれない。いまのところ、ほかには見当たらない。全神経がその一本に集中する。なんだか試されているような気にさえなってきた。

これって普通のことなの？

まだ心の準備ができていなかった。身体のすべてが若い頃のまま変わらないなんて、思っていたわけじゃない。これは当たり前のことなのだと言われたらそれまでかもしれない。でも、正直この「初めて」とはこれ以上関わりたくない——。

このなんとも惨めな気持ちを紛らわすために、15歳の頃から眉毛のなかに潜んでいた白い毛のことを思い出してみる。仲間を増やすわけでは決してないけれど、どんどん成長し、左の眉の同じ場所に居座っている。幸い、いまのところ同じような白い毛は見かけていない。あくまで、いまのところは。アンダーヘアのなかの一本は、この眉のなかの白い毛の片割れだったりするのかな？

いつまでもそこに留まるつもりなら、もう放っておくしかない。これ以上、増えるつもりはないよね、と心のなかで祈りつつ。

振り返ってみると、どの瞬間も
愛おしくてたまらない。
一つ一つの瞬間の積み重ねが、
自分を成長させてくれたのだと
素直に思う。

"武器" としての整形

科学技術の進化をはじめ、人類にとって大切な歩みを進めることにたずさわった人々には感謝をせずにはいられない。本当の意味で男女平等を進めていくためには、「美容整形」の重要性はもっと広く知られるようになっていい。冗談ではなくて、本気でそう思っている。整形するために必要とされる道具は、この世を生き抜くための"武器"にだってなり得る。ボトックス手術が私たちにもたらしてくれるもの。それは、ただ単にシワをなくすというだけでなく、生物学的な不平等からの"解放"なのだと思う。

幼い頃からずっと、男女平等を実現するためには闘い続けなければいけない、と言われて育った。このことをより強く意識するようになったのは、男性ホルモンと女性ホルモンの違いについてのいまいましい記事を読んでしまったからだ。男性の更年期は、最近になり「LOH症候群」もしくは「晩期発症型の性腺機能低下症」と言われるようになったらしい。男性は年をとるにつれ、男性ホルモンが減っていくけれど、身体は男性ホルモンをつくることをやめない。これに対し、女性ホルモンは永遠に減り続ける。しばらく転がった後、最後には完全に傾いてしまい使いものにならなくなる車輪のごとく、完全に機能が停止してしまうのだ。何が言いたいかというと、**"母なる自然"とはとんでもなく不公平なもので、長く女性を蔑ろにしてきたということ**。"母なる"なんてまるで同性であるかのようなフリをして、女性の味方にはなってくれなかった。時間に対する闘い、それはそもそも不平等な武器を手に闘え、と言われているようなものだったんだ。それを知ってからというもの、整形を必要としている女性、もしくは整形という選択肢がほしいと感じている女性たちは、本人たちが望むのなら美容整形をする権利があると思うようになった。シワを目立たなくしたいのなら、その願いを叶えたいと思うのは当然だし、生まれながらの欠点をカバーする権利だってあるはずだ。自分が体験してきたこと、そこにつぎ込んできた考えを好きなように曲げていく権利はあるはずなんだ。言ってみれば、ダイヤルをゼロに戻してリセットする方法だ。

フランス語では、年老いた肌の人のことを"年老いた牛"と表現することがあるけれど、そんな性差別的で暴力的な表現に対抗するものでもある。人間は、変わり続ける身体に対抗する術を見つけたのだ。「整形」とは、それを取り入れるかどうか以上に、そうした選択肢があることがとても大きな意味を持つ。

「これ、運動になっている！」
とちょっと興奮するとき

実際にはまったく運動になっていないけれど

・歯を磨きながらお尻を上げ下げしているとき。

・エレベーターを待ちながら、再びお尻を上げ下げしているとき。

・「よし、階段を使おう！」と決めたとき。

・セックスしているとき。セックスとエネルギー消費の関係に関する記事を読み、一回あたり平均150キロカロリー消費すると知り、「なるほど！」と唸_{うな}って以来、この考えが抜けない。

・片方の腕で子供を抱え、時々左右を交換するとき。つまり、ダンベル運動をしているような感覚でいるとき。

・お酒を飲みながら踊り、「汗をかいているのは筋肉をちゃんと動かしている証拠！」と自分に言い聞かせるとき（アルコールを抜くためでなく）。

・打ち合わせがあるというのに、家を出るのが予定より遅れて、なんとか時間に間に合うように大急ぎで歩いているとき。そして「これは競歩大会。じつはトレーニングになっている！」と言い聞かせるとき。

・リゾットをつくろうと、２時間にわたり腕を使いソースパンを動かしているとき。そして、ソースパンを動かしながら垂直に立っているとき。

・自転車に乗って仕事に行こうとしているとき。盗まれる日まで一カ月間、毎日続けたのだから、そこそこ運動になっていたと思う。

・テレビでサッカーの中継を見ていて、自分が応援するチームに大声で声援を送り続け、最終的に疲れ果て、「みんなよく闘ったよね」なんて口にしてしまうとき。

・「これはれっきとした"運動"だ」と自分に言い聞かせながら、サウナで座っているとき。

・信じられないほど長い時間、トイレを我慢しているとき。

・なにかを一生懸命覚えようとしているとき。なぜなら、「記憶する」こともある意味、筋肉を動かしていることになると思うから。

<u>もう、あの頃とはちがう!</u>

When you're just
excited to go home.

「これから家に帰れる!」と思うだけで、
足取りが軽くなるとき。

　　　　　　　　　　　　　　　　2. 40代、喜びとメランコリー

「こんな自分はイヤだ」と思うとき

彼女に会うなんて、思ってもいなかった。よりによって今夜、こんな状況で。数週間前だったかな？　それとも数カ月前だったか。彼女に会ったことは、よく覚えている。うろ覚えではあるけれど。とても楽しかった思い出だけは残っている。

「こんにちは」と微笑みながら、彼女がこちらに向かって歩いてくる。でも、私のほうは内心ビクビクしていた。ここから消えてしまいたい、この床に吸い込まれてしまえたらいいのに。

なぜこんなにも緊張しているの、と思うでしょ。それはもう、彼女の名前がまったく思い出せないから。ジュリエット？　それともガブリエラ？　親しい人の名前を忘れてしまうなんてこと、そうそうあるわけじゃない。ただ、この人の名前がどうしても思い出せない。なぜなら、前回会ってからけっこう時間がたってしまったから。動揺するし、足もすくむ。こうした瞬間は誇れるものでもなんでもないからわざわざ誰かに言ったりはしないけれど、思い出すだけで凍りつく、"忘れられない瞬間"として自分のなかの奥深い場所に眠っている。

こんなふうに、「これはマズい！」と思う瞬間は、ほかにもあった。

年齢を聞かれ、無意識のうちに一歳サバを読んでしまうとき。さらにマズいと感じるのは、そこに「少しでも若く伝えておこう」なんて意識はなくて、ごくごく自然に間違ってしまったとき。「誕生日を迎え、年齢を重ねた」という事実がまだ自分のなかに浸透していなかったのだ。

職場にいる女性になぜこんなにもイライラさせられるのか、その理由がわかってしまったとき。彼女のことはみな「可愛い」と言うけれど、自分から見ればなんとも鈍臭くて、自惚れの強い子、くらいにしか思えなかった。けれど、自分は焼きもちを焼いていたんだ。彼女の唯一の"欠点"であり、自分がもっと

も気にしていたのは「あの子はとんでもなく若い」ということだった……。

美容室で「こうしたら若く見られますよ」と言われたり、レストランで「マダム」と言われたりして、「これは単に私をイライラさせるためだけに言ってきているんだ」と自分に言い聞かせ、なんとか安心しようとしているとき。

年齢的には同じくらいだけれど、自分よりももっと年上に見える女性を見かけ、「自分は劣化していないほうだな」と内心喜んでしまうとき（自分は知る由もないけれど、きっと相手は相手で内心同じように思っている）。

きっとみんな似たり寄ったりの経験をしたことがあるはず。内面が美しい人でありたいとは思うけれど、どうしても悪態をついてしまう、もう一人の自分がいる。自分で認めないよりはマシで、認めているということはなんとか直そうとしている証拠？　なんて思いたいところ。

　　　　　　　　　　　　　　　2. 40代、喜びとメランコリー

真夜中のできごと

人生ってなかなか厳しいな。最近、身をもって感じている。

自分はどこでも、どんなときでも寝たいときに寝られるタイプだと信じて疑わなかった。けれど、最近は一人暗闇のなかで見えない敵と闘わなければいけないことが増えてきた。なぜ、こんなことになってしまったのだろう。そう、不眠症に悩まされているのだ。

真夜中だというのに、目はパッチリ。みな深い眠りに入っている頃だというのに、なぜ私にだけこんな罰ゲームが科されているのだろう。こればかりは誰も責めることができない。だから、余計にイライラしてしまう。3時間も睡眠が奪われるということは、その分シワなども増えるということ。翌朝は、どこかぼーっとして忘れっぽくなっているし、まるで思春期のようなおかしなテンションが続いている。

苦しみは、みなに平等にやってくるわけではない。そんなことはわかっている。それは当然、「眠り」についても言えるということも。さらに悪いことに、「いままさに睡眠が必要！」というときに限って、こうした状態に陥ってしまう。

眠れなくて一人悶々と過ごすのは、たとえばこんなときだ。

**＊典型的な不眠症、つまり脳内がデカルトの「我思う、ゆえに我あり」な状態
に陥ってしまうとき。**

　脳が動くのをやめてくれない。脳のスイッチはオフになっていると思いきや、
まだまだ働き過ぎな状態が続いていて、結果的に眠りを妨げてしまう。そし
て結局、またスマホの電源を入れることに。スマホの光がどれだけ睡眠に悪
影響を及ぼすのか、わかっているにもかかわらず。

＊真夜中

　朝の3時27分。夜にしては遅すぎるし、朝にしては早すぎる時間。月の満
ち欠けが睡眠に与える影響についても、少しずつわかるようになってきた。
けれど、眠れずにゾンビのような状態で仕事に行っても、「月の満ち欠けに
左右されるなんて、それ正気？」なんて言われるかも。そんなこと言われた
ら、心の奥から憎しみの感情が湧いてくるんだろうな。

＊朝

　早起きしたからってなんの得にもならないんだよ……そんなことを心のなか
で呟きながらなんとか目を覚まし、起きることにする。

＊時差ボケ真っ只中の移動初日

　ホテルのデジタル時計は夜中の3時を指しているのに、身体は「いま午後の
6時だよ！」と叫びたがってウズウズしている。そんな状態にもかかわらず、

自分に対する評価やその後のキャリアというものは、5時間後に行われるイベントで決まると思うと、これがなかなかつらい(眠れないから、イベントは4時間後、3時間後と差し迫ってくる)。

＊眠れない！　のフルコース

妊娠中の不眠——。ホルモンバランスが大きく変化するうえ、体調がすぐれず夜中に何度もトイレに走らなければいけなくなり、とくに夜は眠りの浅い状態が続く。そのうえ、明け方になると胎内にいる子供が元気に動き出すから、ひたすら悶々とした時間を過ごすことになる。妊娠中の不眠には、一つ一つ理由がある。だから、なんとなく受け入れられる。問題は、「出産すればこの浅い眠りとおさらばできる」と思い込んでいたこと。実際に出産してみると、さらに眠れない日々が続くというのに。

なんとか寝ようともがいて、ようやく眠りにつくことができた。と思ったら、目覚まし時計が最後の警告だと言わんばかりに鳴り響く。その瞬間、ありとあらゆるものから解放されることを妄想する。みんなに優しくされ、今日は仕事をしなくていいよ、と言われる。そもそも誰も自分のことを気にしなくなる、そんな瞬間を。たまには勇気を出して仕事を休んでみようか。「子供が下痢気味で体調が悪いので」。そんなメッセージを送り、会社を休めないか画策してみることにする。

今朝、改めて自分の暮らすアパルトマンの部屋を見渡してみた。道を隔てた隣人（こんなに接近していることをお互いに納得していない相手だ）に向かって窓を開けると、突然、閉所恐怖症のような感覚に襲われた。この2階の暗いストゥディオのために高いお金を払っているなんて、なんだか納得できない。なんとしても環境を変えなければ。

ダーウィンの進化論まで戻らなかったとしても、人間の動物的な側面から考えてみると、私たちはみな"自然"からやってきたのだから、自然に近い生活を送ることは欠かせない。灰色に染まったコンクリートジャングルのなかで、たとえ似たようなアパルトマンであったとしても、もっと公園に近いところに暮らせないかなと思う。光合成でできた酸素をたっぷり浴びて癒されるような生活がしたい。はっきり言って、いまの私にとっての"自然"なんて、モヒートに浮かんでいるミントくらいでしかない。

まずは不動産情報をくまなく見てみよう、と決めた（見るだけならタダだしね）。眺めがよくて緑のなかから太陽の光が差し込むような部屋を見つけることができたら、生活の質もぐっと上がるんだろうなと思う。悲しいかな、物件リストを見ていると思わぬ壁にぶつかった。いま暮らしている部屋と同じくらいの広さで探そうとすると、とてつもなく家賃が高くなってしまう。都会に暮らしながら緑に触れようとするなんて、5つ星ホテルからの眺めを期待するようなものだよ、と言わんばかりだ。

興味本位ではあるけれど、少しだけ街を離れてみるのはどうかなって考えてみ

グリーンな生活を
夢見て

る。たとえば少し田舎の方へ。そんな中途半端な気持ちでなくて、もっと本気で考えてもいいのか。数年前までは、どんなにお金があっても、街を離れられないと思っていた。禁煙する前だったし、友人が通っていたヨガに自分も通おうと思っていたし、健康的で精神的にも安定した生活をしよう、と意識する前だったから。改宗するかのごとく、自分を変えようと意識する前だったのだ。

そんなことを考えながら物件情報を見ていると、驚くことに、条件にぴったりの家を見つけてしまった。小さくて可愛らしい家、決して高すぎるわけではなくかろうじて手が届く。いま暮らしている部屋の3倍くらいの広さがあり、落ち着いたスペアルーム、そして庭まである。そんな場所が私を呼んでいる！こんなにもいい条件が揃っていて、何をモタモタしているんだろう。まさに私が求めていたもの。テラスでとる朝食、犬を飼うことだってできるかもしれない。

近くの森を歩き、秋にはキノコをとり、四季を感じながら生活することができる。夕方、家に戻ってから焚き火を燃やしてもいい。花を植えることだってできるし、野菜を育て、自分の手で育てたものを口にすることができるようになる。正真正銘のオーガニックな食べ物。どこで育ったのかもわからないのに、高い値段を払わなくてはいけないようなものとは大違い。そんな夢を現実にできる。

もちろん、仕事に行くには電車に乗らなければいけないし、いまよりももっと早起きする必要もある。でも、早起きは三文の徳とも言うよね。自転車を最寄りの駅に置いておいて、オフィスまで飛ばしてもいい。それで運動にもなるなんて最高。
血行も良くなるだろうし、足も引き締まるだろうし、身体に備わっている機能を最大限活かすこともできるようになる。赤血球の数値も10年前と同じくらいになるかもしれない。誰もが羨望の眼差しで見てくるであろう、新しくも健康的な生活。友人たちも後に続こう、自分たちもエデンの園を作ろう、と真似

するようになるかもしれない。

でも、突発的にパーティーや映画に行きたい、という気持ちが芽生えたときは
どうすればいいだろう。それだけじゃない。美術展や近所にあるちょっとした
レストラン、深夜にでも必要なものを買いにすぐに駆け込める、24時間オープ
ンのエピスリー。

そして、セフレからの誘いに対してはどうすればいい？　そこから自然発生的
に起こるさまざまなことに、自分はどう行動していける？　そんなことが頭を
過ぎる。

ここで負けを認めたくはない。なんとしてでも緑に囲まれて過ごしたいという
目標を達成すべく、ひとまずアパルトマンの下にある花屋へ足を運んだ。買っ
たのは、バジル、ミント、そしてミニトマトの小さな鉢。3つを手に心躍らせ
ながら、階段を駆け上って、窓台に置いた。ガーデニングが得意だなんて思っ
たこともない。でも、どこかのタイミングで始めてみなければ。

心のなかで呟いているけれど、絶対に口に出して言わないこと Part1

・え？　まさかの同い年？　彼女のほうがだいぶ年上に見えるけれど。

・私が若い頃はそんないいことが続いたりはしなかったけどな。

・私が子供の頃は、ネットなんて存在していなかったんだけど。

・ここの音楽、ちょっと音が大きすぎるんじゃない？

・たまには退屈するぐらいがちょうどいい。イマジネーションがかき立てられるようになるから。

・わからないなら、お父さんにでも聞いてみたら。

・きちんと椅子に座りなさいよ。

・ちょっと待って、あの人の娘かも！

・携帯がない頃はどうやって生活していたんだっけ？　まあ、意外となんとかなるんだけれど。

・あなたのことは、幼い頃から知っていた気がするわ。

・サンタクロースが幸せとは限らないからな。

・確かに彼女はかわいいと思うよ。でも、あと10年したらどうだろうね。

・お子ちゃまたち、元気？

・二晩続けて外出するなんてムリ。

・ちょっと休ませて。あなたの年齢くらいのときは全然平気だったのだけれど。

・あ、それ10代のときに流行っていた。

・老眼鏡が必要になってきたのかも。

・昔は、ゲームだって手づくりだったのよ。

・外出は大好き。でも、夜中の0時までには寝ないと身体がもたない。

・もうアルコールはムリ。飲んだとしても、回復するまでに二日はかかる。

・SPF50の日焼け止めはないの？

もう、あの頃とはちがう！

WHEN YOU WAKE UP FEELING GREAT AND EVERYONE TELLS YOU HOW TIRED YOU LOOK.

清々しい気持ちで目覚めたのに、
みんなに「だいぶお疲れでしょ」と言われるとき。

"人は女に生まれるのではない、
　女になるのだ"

　　　　　——シモーヌ・ド・ボーヴォワール
　　　　　　　　　「第二の性」より

　　　　　　　　　　　　　　2. 40代、喜びとメランコリー

「あなた何歳？」
という問いかけについて

年齢って、どうしても身分証明書に記さなければいけないもの？　必ずしもそうではない気もするけれど。自暴自棄になって、鏡に映った自分の姿を見ては、「私は18歳。実年齢よりも倍の女性の姿を借りているの」なんて想像してみる。

年齢とは、相対的な概念でしかないのかも。そんな気がしてきた。精神年齢の高い子供もいれば、100歳のお年寄りでもいつだって目をキラキラと輝かせている人もいる。周囲を見渡しても、年齢とはそれだけで何かを定義するものでなく、とても曖昧なものなのだと思わずにはいられない。年齢なんて、言ってしまえば人を管理する以上の意味は持たない、ということなんだ、きっと。

「年齢」について語ろうとする時は、どこか特別な感情が呼び起こされ、少しだけ戸惑ったりもする。私たち自身が感じている年齢というものは、じつは私たちの心のなかにあり、精神そのものを映し出す。車のメーターのように、一年たったから数字を前に進めよう、なんて単純なものじゃない。

女性は、実際の年齢よりも７歳から10歳くらい自分は若いと思っているらしい。もちろん人にもよるだろうけれど。そしてそれは、どんな時間を過ごしているかによっても違う。一日のなかでも、朝は年を重ねた女性のように、夜はまるでティーンエイジャーのように感じることもある。

出生届から数えてはじき出す年齢、内なる感情に重きをおいた年齢……。
一言に「年齢」といっても、じつに多様なんだ。自然から与えられた年齢、そして自分のために自分自身で決めることができる年齢。「あなた何歳？」という質問をされるたびに、胸がざわつくのは確か。でも、この問いは答えが導き出す運命論みたいなものにベールを被せることができる。年齢とは、内側では

簡単に着替えることができる"衣装"であり、私たち自身が自分の意志で纏い、放つことのできる"雰囲気"でもあるんだ。

逆に言えば、どんな年齢の人であっても対等に感じることもある。たとえ年代が違っても、友情を育むことができるのはきっとそのためだ。身体のつくりと精神年齢はイコールであるとは限らない。**自分は何をしたいのか、どんな情熱を抱いているか、そして何に興味を持っているのか。**それこそが、その人の「年齢」を作り上げてくれる。

これって真実？
そう、認めたくないけれど真実！

"彼女が私の妹だなんて、彼はなかなか信じられなかったみたい"
（＝お願いだから、妹のほうが老けて見えるって言って）

"タバコはパーティーでしか吸わないんだよね"
（＝本当はもっと吸っているのだけれど、他の場所では隠れて吸っているの）

"グルテンアレルギーなので、なかなか思うように食べられないんだよね"
（＝体重を気にしなければいけないから、これは食べる、食べないがややこしいのよ）

"私がポールに気があるように見えるって、みんなそればっかりなのよ"
（＝私、ポールと付き合えると思う？）

"息子が年齢の割に大人びているって、担任からは言われるんだけれど、なんだか心配"
（＝私の息子は天才だって、ずっとわかっていたわ）

"基本的にランチではワインを飲まないようにしているんだけれとね"
（＝最近、どんどんランチで飲むようになっちゃって）

"そうなの、あの本むちゃくちゃ感動したよね。特に冒頭が"
　（＝見たのはタイトルだけなんだ。それ以上は読んでいなくて、ドラマ化されたものをテレビで見ただけ）

"最近、よく身体を動かしていたのよ"
　（＝最近全然セックスをしていなくて）

"あの男、イケてるとはとても思えないんだよね。自惚れがひどいし"
　（＝あのしょうもない男、全然私のほうを見ていなかった）

"私、エコ意識高いんだよね"
　（＝まさにいま、リサイクルを始めたところ。歯を磨く時は、ちゃんと蛇口を閉めるようになった）

"いま生理前だからイライラしているかも"
　（＝かなり性格悪いことを言うかもしれないけれど、なんとか乗り越えて！）

禁断のヴァカンス、
その行方

年に一度だけ、一週間の休暇として家族全員が顔を合わせることがある。これはどうやっても避けられないもので、母、父、兄弟、姉妹、そして彼らに同伴する人々と否が応でも顔を付き合わせることになる。子供の頃に過ごした家で時間を過ごす、なんて想像するだけで胸が高鳴る。けれど、この胸の高まりは単にこの場所が心のなかにある特別な時間を思い出させるから、だけではない。ここは、自分でもイヤで仕方がない"最低で最悪な自分"を蘇らせる場所でもある。そのことは、実家に一緒に向かう恋人だってよくわかっている。

どうやっても逃れられない渦に吸い込まれていくような感覚で過ごす、7日間。自分自身が形づくられた場所であり、「これからは自分自身の道を歩もう」と荷物をまとめ、あとにした家だ。当時18歳。ドアをピシャッと閉めて家を出た。家族の自分に対する印象はその日から何ら変わっていないのだろうし、自分にとっての家族もまるで何ら成長していないかのように、その日から何も変わっていない。家族にとって、自分はまだ18歳の少女のままだ。
不器用な姉はと言うと、家族が集まるこの7日間で、家中のグラスを割ってしまう。これは、普通に考えたらあり得ないことだ。万事がこんな感じで進む。みんな昔のイメージのまま。いつの間にか、家にいた頃のキャラクターに戻ってしまう。

かく言う私も例外ではない。セラピーや心理療法を積極的に受けるようになったことで、精神状態をうまくコントロールできるようになり、思いやりを大切にして生きることができるようになった。でも、そうしたいつもの自分は、この実家の扉を開けるや否やとこかに消え去ってしまう。耳に入ってくる言葉を勝手につなぎ合わせ、自己流に解釈し、個人攻撃を繰り返してしまう。そう、

厄介でひたすら面倒な存在となるんだ。

母親が罪悪感で追い詰めてくる。なぜなら、彼女自身も罪悪感でいっぱいだから。そして一日が終わる頃には、彼女もただただ自分のベストを尽くそうとしているのが傍目からもわかるようになる。姉は、と言うと、人と交わるよりも、動物と戯れているほうが好きなようだ。この何度となく繰り返される争いは、ただ相手を引きつけようとするだけのものであることも充分理解している。

我慢のリミッターなんて簡単に外れてしまい、忍耐力はゼロ。身の周りで起こることにいちいち噛みついてしまう。夜中にこっそり裏庭に出て、タバコを吸う。姪っ子から貰ったこのタバコが、決して面倒臭いだけの叔母さんになったわけではないことを演出できればいいな、と祈りつつ。もう40年も生きているというのに、まるで反抗的なティーンエイジャーだ。

毎年実家を訪れる度に、「もっと精神的に大人にならなければ」「優しく寛大に、他者をもっと深く理解しようとしなければ」と自分に言い聞かせながら、その場をあとにする。少なくとも、周囲の人々の意見を心に留め、理解することのできる人間になりたい、そうした賢さを持ち合わせていたい、と。なぜなら、ここにいる人たちのことが嫌いなわけでは決してなくて、彼らを傷つけているという事実に少なからず自分も胸を痛めているから。

あの元カレについて

　　　の人とは互いに深く愛し合っていた。言葉ではうまく伝えられない
そ　ほど。誰よりも自分のことをわかってくれていた人だった。目の前
　　　に立ちはだかる困難も何もかも二人で乗り越え、ともに時間を過ご
　　　し、さまざまな経験を重ねた。彼は私のもので、私は彼のもの。そ
う信じて疑わなかった。

けれど、一緒に生きることはできなかった。それなのに、別れたときもまだ深
い愛のなかにいた。

　"私がどこへ行こうが、行くまいが、
　　どこにいたって、あなたの顔を思い浮かべるから"
　　　　　　──ラブの「Always See Your Face」より

自分にとって、初めての大きな恋。でも、自分自身がまだそれに見合っていな
かった。まだまだ若かったんだ。

もしかしたら、その後一緒に子供を持つことになったかもしれない。とてつも
なく大きな幸せのなかにいたはずなのに、どうしてもうまくいかなかった。
彼は流れ星のごとく、突然私の人生に現れた。勢いよく入り込んできた、とい
ったほうが正しいかもしれない。なのに、そんなに時間がたたないうちに去っ
てしまった。結果として、すべてが破滅へと向かってしまった。

自分にとって"元カレ"という言葉は、どんなときもこの人のことを指す。彼
の前にも後ろにも、付き合っていた人はいたというのに。不思議なことに、自
分のなかの"元カレ"は彼でしかない。

彼と別れた後は、どこかを彷徨っているような感覚で、同じような人にはなかなか出会えなかった。そんな経験をしたことがある人はきっと少なくないはず。

あの抱き合っていた日々は、どんな形になって残っているのだろう。耳元で囁かれた言葉、約束、そして誓い合った言葉たち。笑顔や笑い声、彼の触れ方、遠くから見つめている時の視線、私の足を両足で包み込み温めてくれる、その独特なスタイル。
いまも鮮明に思い出すのは、火が燃えた後も灰は残るから？　それともあれは一時的な火傷のようなものだったのだろうか？　それとも、すでに解決ずみの事件だと思っておいたほうがいいのかな？　自分のなかで大切な思い出としてしまってある匂いや映像も、彼は別の女の人たちと使い回したりしているのかな。

結びつきはとても強いものだったはずなのに、彼が一方的に別れを決めた。いまだにそんなふうに思わずにはいられないことが、自分自身イヤでたまらない。そんな話を友人たちにすると、決まって「愛さえあれば良いわけではないからね」という答えが返ってくる。そんな常套句、素直に受け入れることなんてできない。

思いきって次に進んでみたら？　飲みに行こうよ！　他の若い肌に触れたら気持ちが落ちつくんじゃない？　なんて言われる。「空っぽの心は、新しい肌が満たしてくれる」なんて、昔からある言い回しを信じて口にしている。でも、そんなことをしてもうまくいくことはなかった。彼の不在をより強く感じるだけだった。

信頼する人たちにうながされ、彼とよく聴いていた曲はスマホから削除した。彼が置いていった洋服は、彼のことも、彼が過ごしてきた日々も何も知らない人に譲ってしまった。表面上は、もう落ち着いているかのように見える。でも、自分の複雑な内面、秘密にしておきたい部分に彼は存在し、たった一人でそこに留まり続ける。心のなかでは、いつだって彼と会話をしている。何日、何週

間、何カ月が過ぎても、もはや想像上の人物とも言えるこの存在と身一つで闘い続けなければいけない。

どれくらいの時間がたてば、どれだけ我慢し、どれだけ耐えれば、彼の影は薄れていくのだろう。目の前に広がる絶望を打ち破るためには、気が遠くなるほどの時間が必要となる。最後に唇を交わした場所のそばを通るのがつらくて、どうしても避けて歩いてしまう。歩く道一つ変えれば、気分も変わると信じて。

・・・・・・・

けれど、不思議なことに「時間」は少しずつ傷を癒してくれる。寂しさや喪失感といったものが少しずつ和らいでいくのがわかる。彼に書いた手紙、写真、タクシーで一緒に聴いた音楽といったものに偶然触れてしまったとしても、そ

うした思い出を微笑ましく思えるようになってきた。

思いがけず彼と再会すると、赤面し、少しだけ汗をかいている自分に気づく。彼が目の前にいる、というだけで感情が高まり、どうしていいのかわからなくなってしまう。自分の気持ちはごまかすことなんてできないんだ。昔の習慣や築き上げた共犯関係といったものが自然と立ち現れる。なぜ自分たちは別れてしまったのだろう。そう考えずにはいられない、特別な時間が姿を見せる。

アンドレ・ブルトンは「狂気の愛」のなかで、こんなふうに書いている。「私は自分のなかで迷子になっていた。彼は私のことを知らせにきてくれた」。考えれば考えるほど、こんなことを思う。なぜ彼だったのだろう？　そして何より、しばらくは恋には落ちてはいけない、となぜ自分で決めてしまっていたのだろう、と。過去の恋愛に縛られることで、失いたくない自分の信念みたいなものを守ろうとしていたのではないか、と。

この元カレは、そのときの自分が必要としている人だったのだと思う。写真を現像する過程があるように、そこから私が何かを学べるように、と目の前に現れてくれたのかもしれない。私がより自分のことがわかるように、と。それより前でも、後でもない。他でもない、そのとき、その瞬間に。それはつまり、彼が自分の人生でずっと必要だった、というわけではないのかもしれない。

以前の彼を知らなければ、恋に落ちていたかどうかもわからない。でも、そんなことは問題ではない。二人にしか辿り着けない心の奥底に、外からは見えない愛情がある。そして、次にやってくる恋愛も、そうした感情を奪い去ることはできなかった。

       "私がどこへ行こうが、行くまいが、
         どこにいたって、あなたの顔を思い浮かべるから"
            ——ラブの「Always See Your Face」より

　　　　　　　　2. 40代、喜びとメランコリー

シワが美しい理由

太陽の光を浴びすぎるとシワができる。

笑顔がシワをつくる。

パーティーで盛り上がってしまったら、またシワが生成される。

シワがないなんて、なんてつまらない人生を歩んでいるのだろう、と思う。

バカバカしいけれど面白い？
メイクのお作法

　つての女王や王女、そして商人のように見た目を大切にする人々は、
少しでも若く清潔感のある顔に見える術があるならば何でもやって
みよう、と必死だった。彼らが残したちょっとしたコツやレシピは、
人々の記憶に刻まれ、いまも参考にしようと思えばできるものもあ
る。と言っても、これらのレシピはいまの私たちからしたらどれもこれもバカ
バカしく思うものばかり。なかには、身体に毒を取り込むなんてものもあるく
らいだ。私たちが日々真面目に行っているケアはなんだったのだろう、と思わ
ずにはいられない。とはいえ、私たちがいま使っている金箔のパックやシルク
繊維のシャンプーだって、次世代からは「そんなものを使っていたの？」と言
われかねない。コラーゲンマスクがまぶたのシワを目立たなくしてくれるなん
て、頭がおかしいんじゃない？　と思われるような日がくるかもしれない。こ
こでは、私たちの先祖が残した、大胆でちょっとおかしいメイクのお作法を紹
介しよう。

ワックスを塗った額：中世の時代、"額"は美の象徴であり、広ければ広いほど良いとされていた。小麦粉をこねた生地の塊のように、表面はスベスベで、綺麗で丸い額が美しいとされていた。まるで地球外生物？　なんて思わずにはいられない頭は、最先端のファッションだったのだ。女性たちは、額にワックスを塗り、なかにはできるだけ生え際を後ろに持ってこようと、額の毛を剃ってしまう人もいた。この時代の"ワックス"は何でできていたかって？　生石灰とヒ素、そしてコウモリの血を混ぜたものでできていたらしい……。

　　　　　　　　　　　　　　　　　　　　　2. 40代、喜びとメランコリー

金髪の染料：ルネッサンス時代、フランスでは "ベネチアン・ブロンド" と呼ばれるブロンドと赤の中間のような色が流行りとされていた。レモンジュースとサフランパウダーを混ぜたものを髪の毛に塗りつけ、染料が髪の毛に浸透するよう、できるだけ長い時間太陽の光に当てていた。

金粉：16世紀のこと。フランス貴族のディアーヌ・ド・ポワチエはアンリ2世の愛人であり、彼よりも20歳も年上だった。王の妻として周囲から認められたい、という思いから、彼女は若返り美容に取り憑かれていった。毎朝、彼女が口にしていたのは金粉入りのスープ。ところが、彼女を死へと追いやったのは、こともあろうか不老不死の霊薬「金のエリクサー」。若さを保とうとしながらも、自分自身に毒を盛っていたようなものなのだから。死後に行われたある調査によると、彼女の髪の毛からは、通常の人間の500倍もの量の金が検出されたらしい。

「3」のルール：ディアーヌ・ド・ポワチエは、女性にとっての "美の掟" とも言える独自のルールを持ち、それを自ら広めていた。共通するのは、すべて「3」にまつわるということ。たとえば、女性が本当に美しくなりたければ、素肌、歯、手の3箇所は白くなければいけない。逆に目、眉、まぶたは黒く。唇、頬、爪は赤に。身体、髪の毛、指は長く。対して、歯や耳、足先は短く。そして乳首、鼻、頭は小さく、といった具合に。口とウエスト、足の幅は狭く。それから腕、太もも、そしてふくらはぎの3箇所は大きくなければいけない、と。

何一つ欠点のない肌：18世紀頃、肌にぽつぽつと現れる小さなそばかすは「レンズ豆」と呼ばれていた。これがいくつもできないよう、女性たちは"そばかす対策"を講じていた。砕いたマムシをミルクにつけ濃縮した液体に、ほんの少しの硫酸（！）を加えたものを毎晩手と顔に塗っていた。彼女たちの肌がなぜ無事だったのか不思議だ。

マリー・アントワネットの青白さ：ルイ16世が統治していた時代、ヴェルサイユ宮殿の宮廷にいた女性たちは、当時の美意識に応えるべく、まるで拷問を受けているかのような厳しい毎日を送っていた。

一つ目の基準は、肌の白さについて。太陽の下で朝から晩まで働いている貧しい農民たちと自分は違う、ということを示すためのもの。「口にしたワインが食道を通っているのが見えるくらい、女性の首元は白くなければいけない」。そんなふうに言われていたほどだ。だから、女性たちはそのために何でもした。なかには、水銀を含んだクリームを塗り、肌の表面を焼いていたなんて女性も！　マリー・アントワネットは、王室御用達の調香師であるジャン・ルイ・ファージョンとともに、"オー・フレッシュ"（爽やかな香水）をつくり上げた。その中身は、というと、叩き切りにした2羽の鳩、約1ダース分の卵白、すりつぶした桃の種……。それらをヤギのミルクに12時間ほどしっかり漬けて、3日間太陽の下に置いておく。そしてそれから、地下室に2週間ほど寝かせておくそうだ。

ノストラダムスの危険な液体：ミシェル・ド・ノストラダムスは16世紀のフランスの預言者。彼はなんと55歳の女性が12歳くらいの見かけになるという、"若返りのクリーム"を開発していた。材料は純化した水銀（つまりまぎれもなく毒）と3日間ニンニクだけを摂取し続けた人の唾（何ともすごい臭いだっただろうに）。大理石のすり鉢とすりこぎを使い、さらに酢と銀の粉末とブレンドする──。諸悪の根元はここにある。

ガブリエル・デストレの一杯：16世紀、アンリ4世の愛人であったガブリエル・デストレには、肌を美しく輝かせて見せるための秘密があった。羽も内臓もそのままのツバメのお腹にアヤメと新鮮な卵2つと蜂蜜を詰めて、ベネチアテレピン、すりつぶした真珠、そして樟脳（カンフル）をさらに詰め膨らませた。そのツバメを大釜で茹で、潰してクリーム状にして、ムスクとアンバーグリスとを混ぜ合わせた。それから蒸留して酒にする。これはなんと、柔らかくも、落ち着いた肌にしてくれるそう！

2. 40代、喜びとメランコリー

こんなことをするのはこれが最後

おそらくこれからはもうしないであろうこと

わゆるティーンエイジャーを過ぎた頃の写真を目にして、自分でもびっくりしてしまうことがある。あの頃、自分は自分らしいファッション、髪型、そして男の人を見つけた気になっていた。

そんな頃を少しだけ懐かしく感じつつも、「もう二度とやらないだろうな」と思うことを改めて振り返ってみたい。

おかしな髪型とおかしな髪の色：「新しい自分になりたい。だから、どんな髪型にでもして」なんて、本来なら精神分析医に言うような言葉を美容師に言っては丸投げしていた時期がある。今となっては想像するだけで笑ってしまうけれど。何度となく少年に間違えられた、そのピクシー・カットは、少しだけ心に傷跡を残した。でもその時に入れていたワインレッドのハイライトは、その頃の私に少しだけ活力を与えてくれた。だから、それはそれで悪くなかったのかな。

無駄な買い物の数々：たとえば、ダイエット直後に買ったデニム。シルエット的には良かったのだけれど、キツすぎて膣炎を起こした。「ワンサイズ小さい」とわかっていながら、セール品だったために衝動的に買ってしまった靴。それから、「似合うかどうかわからない」と店員さんに言い出せなかったばかりに買ってしまったピスタチオグリーンのセーター。これらはすべてクローゼットのなかに眠ったまま。一、二回パーティーに着ていっただけで、破けて着られなくなった服もあったな。美しくあることばかりを考えて、我慢をしてはいけないのだ。

容赦なく飛び出してくる吹き出物：若い頃は、できるだけ早く消えてなくなっ

てほしいと願っていた。いまは丁寧にケアし、あとは流れに逆らわずにそのままにしておこうと思うようになった。これが自然の摂理、なんて思いながら。

やるべきことを先延ばしにすること：いまなら迷いなく言える。奇跡が起きるなんてことは稀で、状況が悪化する前に自らお尻を叩いてでもやらなければいけないんだ、と。まあ、いつかね。

切っても切り離せない友人関係：どんな時も一緒にいて、四六時中電話しあって、何時間も話していた。でもそれって煩わしいなと感じることもあって、ある日突然「この時間をもっと自分のために使おう」という思いに至った。いまは、「量より質」という言葉の持つ意味がよくわかる。

複雑に入り組んだ、ただただつらいだけの恋愛：「君とはすぐには付き合えないけれど、会いたくなったらいつでも電話して！」なんて言っていた男たちはみな考えを改めてほしい。いまは、長く続く関係だからこそ生み出される優しさや美しさのほうが、一晩だけの関係よりもよっぽど愛おしいと思うから。

これまで何度となく「もう絶対にしない」という言葉を口にしてきたけれど、この先「絶対にしないかどうか」なんて誰にもわからない。人生はサプライズに満ちている。自分自身に驚かされ続けるのもまた、人生なんだ。

3.

ロマンスのありか

「カップルであること」
を再定義してみる

「夫婦」とは男と女からなるもので、ひとときも離れることなくともに生きていかなければならない。

物心ついたときから、ずっとそんなことを言われて育った。そこにはもちろん結婚という概念があり、誠実であることの大切さも説かれていたように思う。

そのことをより強く意識するようになったのは、祖父母の存在が大きい。二十歳で結婚し、結婚式の誓い通り、「死が二人を分かつまで」別れることなく一生をともに過ごした。人生で起こる、良いことも悪いこともともに経験しながら。けれど、自分の両親はそこから一歩進み、カップルであることの新しい側面を見せてくれた。

二人が険悪な雰囲気になってからというもの、家は心やすらぐ場所から緊張を強いる場所へと変わった。離婚して別れるその日まで、ずっとそんな空気のなかで生きてきた。そんな状態を一度知ってしまうと、どうしても自信が持てなくなる。愛というものを信じていいのだろうか、長く同じ人を愛するなんてそもそも可能なのだろうか、と。

一夫一婦制について改めて考えてみると、それは人生で経験するあらゆることに相手が並走し、自分の横で日々進化を遂げていく、ということに他ならない。理論上はそういうことになるけれど、実際は簡単なことじゃない。1970年代に起きた「性の革命」以降、避妊という選択肢が広まり、離婚に対する心理的なハードルも低くなり、私たちは真の自由を手にしたかのように思えた。**こうした考えを一度壊して再びすべてを変えていくべきか、それとも今までのような保守的な考えのなかに留まり続けるか。**

思い返してみれば、これまでの恋愛もまっすぐ一直線だったわけでは決してなかった。自分が思い描いていたような恋物語ばかりではなかったし、自分がイメージしていたようなタイプの相手ばかりでもなかった。楽しい思い出ばかりでもない。でも、自分自身を試すいい機会にはなったと思う。戸惑ったり、間違いを犯したりもしたけれど、そんな体験があったからこそ、自分のことがよ

　　　　　　　　　　　　　　　　　　　　3. ロマンスのありか

りよくわかるようになった。良いことも悪いこともあったからこそ、自分なりの方法で恋愛ができるようになってきた。

一時的な恋の相手もいれば、「一緒には暮らせない」と心のどこかでわかっていながらも強烈に愛したパートナーもいた。自分の子供を一緒に持てる相手と出会うまでの間、他人の子を育てたこともあれば、女性と激しい恋に落ちたこともある。彼らはみな、ときに励まし、力を与え、成長していくのを見届けてくれた。そして何より、彼らなりの方法で愛してくれた。

こうした経験を積み重ねると、ふと思うことがある。それは、「何かを約束された恋愛がすべてではない」ということ。さまざまな形をした恋愛は、どれも流れるような連続性のなかにあり、同じ恋愛なんて二つとない。同時に、ただ一つの形の恋愛を経験すればいいというわけでもないのだと思う。

若い頃は「恋愛」という言葉は一つの意味しかなさないと思っていたし、そこに辿り着けば心の安らぎを得られるとさえ思っていた。**けれど、自分の経験を通して、それは違うのだと思わずにはいられなくなった。「恋愛」という言葉の意味は、日々変化し続ける。**
次の恋愛はどんな形をしているのだろう。長続きするよう努力することだけが果たしていいことなのかな、と。

自分以外の人々は、どんな恋愛をしているのだろう。何か"指標"や基準のようなものを知りたくなって、周囲の友人たちの姿を、これまでよりももっと近いところから観察してみることにした。ずっと独身で過ごしている友人、誰かと恋愛関係にある友人……。彼らはみなとのように生きているのか、知りたくなったのだ。

すると、昔から存在する男女関係に加え、最近では新しい関係性が生まれているということがわかった。たとえば、恋人関係にあるけれど、別々に暮らしているカップル。一つの広いアパルトマンを二人で借りるのではなく、たとえ狭

くてもワンルームのストゥディオを二つ借りて別々に暮らしている人もいた。意外にも、そのほうが長く関係が続いていたりもする。

日々の生活のなかで「孤独」や「ルーティーン」といったものとどのように向き合っているかも観察してみることにした。

「もう私たちにセックスは必要ないの」なんて堂々と言う人もいれば、「子供が欲しいとはなかなか思えない」と言う人も。一人で生きていても充分すぎるくらい幸せだし、子供を持たず二人で生きていくほうがいい、と言う人も。一人の人間を育てるということには、大きな責任がともなう。子供が生まれることで、絶妙なバランスで成り立っている二人の関係が崩れてしまうのではないか、と口にする人もいた。

浮気をして相手を裏切ることはないのか？　という話になると、意外にもみな「誠実でいること」を意識していることもわかった（それを聞いて少しだけ安心した）。
でも同時に、みな相手には言えない、秘めた部分を持とうともしていた。恋に落ちた相手と心が離れ、一度は別れを選んでも、再び恋に落ちることがある。そんな経験を語っていた人は意外と多かった。自分だけの浮気の仕方を心得ている人もいた。いままさに浮気が進行中の人もいれば、なんとか誘惑に打ち勝とうとしている人も。

「ときには、聞こえないふりをするのも大切なのよ」。ルース・ベイダー・ギンズバーグのそんなアドバイスを心に留めておきたい。

たとえ相手が不完全な人間だったとしても、それはたいして重要ではないのかもしれない。少なくとも、それが別れる理由にはならない。

新たなロマンスが芽生えるたび、年を重ねたことによりいろいろなことが変わったのだな、と気づく。若い頃は、恋愛をすることで得られるスリルみたいな

　　　　　　　　　　　　　　　　　　　　3. ロマンスのありか

ものを強く求めていた。それがたとえ、苦しみや精神的な疲労、そしてフラストレーションを生み出すものだったとしても。

恋に恋していたわけではないけれど、あらかじめ予測していたものに順応させようとしていたふしがあった。「恋愛ってこういうものだよね」「こうあるべきだよね」という"あるべき論"に惑わされていた。何が正しくて、何が間違っている、なんてものでもないのにね。

社会の変化や他人の変化なんてものを、気にする必要はないのかもしれない。大切なのは、自分はどう変わったのか、ということ。

二十歳の頃のように、どこかで胸の高鳴りを求めているのは確かだ。でも、どんな相手にも欠点があることは体験からわかるようになってきた。自分の思い通りでないと知るや否や拒絶するのではなく、相手のあるがままを受け入れてみる。そんなことも少しずつわかるようになった。

私たちはみな完璧な存在などではなく、ときに間違った道も選ぶ。経験を通してそれがわかったからこそ、相手にも完璧さを求めなくなったのかもしれない。

"年をとるということは、
　決して弱虫にはできないこと"

　　　　　——ベティ・デイヴィス　女優

余裕を持って
生きるということ

つのことだったか正確には覚えていないけれど、「腰のくびれが魅
　い　力的だね」なんて言われたことがある。かろうじて思春期に差しか
　　　かった頃。その頃は、顔のなかでも耳だけが飛び抜けて大きくなっ
てしまっていたのが気になっていたし、太もものせいでデニムがパンパンにな
っているのがイヤで仕方がなかった。「美しさの基準」とはかけ離れた女の子
が鏡の中に存在しているような気がした。

この世界は、まったくもって現実的とは言えない美の基準を押しつけようとし
ているな。そう心のなかで思いながらも、それを必死で受け入れようとしてい
た。自分でもどうすればいいのか、わからなかった。だから、「腰のくびれが
いいね」と言われたときは、この世界から大きな贈り物をもらったような気が
した。理想とされる"91-60-88"からほど遠いのは明らかだった。なのに、理
想を自分に重ねてくれた。それだけで充分な気がした。

だから、意識して気を配ることにしてみた。そして、あえてウエストを強調し
てみよう、と思うようになった。息を吸うのも苦しいくらいベルトでぎゅっと
締めてしまうのが、手っ取り早い方法ではないかと考えたのだ。

身体が二つに分断されて、まるで南半分が北から離れようとしているかのよう。

いつ溢血してもおかしくないような状態だった。くびれがある、というのは確かに魅力的かもしれない。独特の雰囲気を醸し出すこともできるだろう。でも、苦しくて仕方がない。まるで拷問を受けているかのよう。苦しめる側と苦しむ側、一人で両方を経験しているような。

笑顔をつくり、人と話して、歩いて……苦しみながらも、そうした日常で起こるさまざまなことを経験していく。いまにも気絶しそうな状態だなんて、微塵も感じさせてはいけない。以前、リサイクルショップで「ジェシカ・ラビットやディタ・フォン・ティースみたいなシルエットになれるよ！」という怪しげなグッズを買ったこともある。まるでスナップチャットのフィルターをつけたまま歩いているような錯覚に陥る。夜になると、お尻よりも少し上の部分に食い込んだ痕を見つけた。翌朝になっても、これがなかなか消えないんだ。

美しくあるためには、痛みを強いられても仕方がない。冷静になって考えると、そんな考えをどこかで受け入れてしまっていた自分に、動揺した。"痛み"というもの自体が、自分を飾るものの一つになってしまっていたのだ。

「あなたの美の秘訣は何？」。そう誰かに聞かれても、「そんなの簡単、自分自身が地獄を味わうこと」なんて答える人はいないだろう。でも、実際のところはそれくらい痛くてつらい思いをしながら毎日を過ごしている。今回が初めてじゃない。これまでだって何度も感じてきた痛みだ。

スカートが入らない。なら、食べる量を減らそう。この洋服を着るためには、こんなスタイルにならなければ。そんなふうに考え、自分の体型を主体にして考えることはなかった。季節はずれのタートルネックを無理やり着て、窒息しそうになったことだってある。Tバックをはくときのような、カミソリが食い込むほどの痛みを感じたことも何度となくある。生物学的な観点から見ると、

無理して服を着るということは、何年もの歳月を無駄にしているようなものなのかもしれない。

この何年も、まったく快適でない状態で過ごしてきたのかと思うと、本当にバカらしいな、と思う。これまでさまざまな分野でジェンダー平等を掲げ、闘ってきたつもりだったけれど、クローゼットを前にすると、そんな考えはどこかに置き去りにしてしまっていた。

自分の身体をもっと大切にしよう。そう意識することは、本当の意味で「平等」を得るための手段の一つなのだと思うようになった。
美しく見えるためにはさまざまなケアをしなければいけない。そう言われる年齢になったからこそ、自分自身を大切にしていこう。

もう、ベルトは緩めようと思う。勘違いしないで。ありのままの姿でいいや、と思っているわけでも、美しくあることを放棄しようとしているわけでもないから。美しさを追求しながら、同時に心地良さも追求していきたい。そんなふうに気持ちを新たにしただけだから。それに、両方を手にする資格はちゃんとあるはずだからね。これからは、もっと深く深呼吸をしながら、余裕をもって生きてみたい。

もう、あの頃とはちがう！

When selecting your year of birth on a website means scrolling down forever.

オンライン上で生まれた年を選ぼうとすると、
スクロールしてもスクロールしても
なかなか見つからないとき。

いまだに聴いている曲

1990年代に10代だったんだな、とバレる曲

＊Run DMC　"It's Tricky"

＊ニルヴァーナ　"Heart-Shaped Box"

＊レディオヘッド　"Climbing Up the Walls"

＊フージーズ　"Killing Me Softly"

＊ザ・ヴァーヴ　"Bitter Sweet Symphony"

＊レッド・ホット・チリ・ペッパーズ　"Otherside"

＊フールズ・ガーデン　"Lemon Tree"

＊クーリオ　"Gangsta's Paradise"

＊レイジ・アゲインスト・ザ・マシーン　"Killing in the Name"

＊オアシス　"Don't Look Back in Anger"

＊オフスプリング　"Come Out and Play"

＊ガンズ・アンド・ローゼズ　"Don't Cry"

＊ブラー　"Song 2"

＊シュガー・レイ　"Hold Your Eyes"

これって誰にでも起こること？

レストランで向き合う二人の男女。

かつて激しく愛し合っていた二人だ。でも、人生にはさまざまなことが起こるもので、結局二人は別の道を歩むことになった。

それから時が過ぎ、いまでは時々ディナーもともにしている。若い頃よく二人で通った、近所のビストロ。こうして再会し、時間を過ごせることが嬉しくてたまらない。

過ぎ去った時間の跡は、それぞれの顔にしっかりと刻まれている。でも、そんなことは気にしない。昔と変わらぬ瞳で互いを見つめる。そして、一度目を逸らしたかと思えば、再び見つめ直す。互いの顔を見ることの喜びはいまも健在で、二人が恋人同士だったのはまるで昨日のことのようにも思う。

向かい合って座り、メニューを眺める。そのとき、ウェイターがやってきた。
「ご注文は何になさいます？」

「今日のおすすめをお願いします」と女性が言えば、
「いいね、同じものを」と男性。
「わかりました。でもおすすめってどれのことですか？」とウェイターに聞き返された。

向かい合って座っていた二人は顔を見合わせ、吹き出してしまった。
そして、二人とも観念したかのように老眼鏡を取り出した。
よかった、これでちゃんとメニューを読めるようになる。

もしこのストーリーを読んで、「そんなことないから！」と思わず反論したく
なったら、それはいたって正常な反応。「老眼鏡が必要では」と本格的に思い
始める前って、みなそんな感じなのだと思う。積極的な姿勢でのぞむものでも
ないから、友人の老眼鏡をちょっと拝借して「私もそろそろかも」なんてとこ
ろから始まるのかもしれない。

つまりある朝起きて突然、「あ、老眼鏡がほしい！」と思うわけではないとい
うこと。そこに至るまでには、その事実を否定し続けようとする空白の何年間
かがある。
ここでは、「私は老眼なんだ！」と気づくいくつかのサインを紹介しよう。

・昔に比べ不思議なくらい、本を読むのが楽しくなくなる。

・夜、いい本を読んでいるというのに、ひどい偏頭痛が起こる頻度が明らかに
　増えた。

・レストランで会計をお願いして値段を見るとき、数字がはっきりと見えるよ
　うに腕を伸ばしてしまう。

・パソコンの画面上で文章を読むとき、125％に拡大してしまう（どういうこ
　とかわかるよね？）。

老眼とは決して病気ではなく、生まれたときに比べて少しずつ水晶体の調節が
きかなくなってしまっているというだけのこと。最初に経験する"視覚障害"
であり、誰もが通る道。でも、素敵なメガネさえ見つければ、思いがけず色っ
ぽさも演出できる。それは唯一いいことと言えるかもしれない。

ひとときの
ドライブ

3. ロマンスのありか

汗と香水が混じり合ったような匂いがする。

彼の細い首を見つめる。

一見、とても若そうに見える。

飾らない笑顔がなんとも魅力的で、素直に「いいな」と思った。

彼に、「いま流れている曲はなんて曲？」と尋ねてみたときも、からっとした笑い声が返ってきた。一言で「曲」と言ってしまったけれど、正確にはエレクトロミュージック。普段はあまり聴かないから、うまい表現が見つからない。自分好みの選曲をするラジオをずっと流しているそうだ。

知らないほうが珍しいくらい、なかなか有名な曲らしい。

彼は優しさを滲ませながら、茶目っ気たっぷりに笑う。

歌詞を口ずさみ、気づけばすっかり私に心を許してくれたようで、質問に対し何でも答えてくれるようになった。

このあたりの出身ではないのだという。

人々が忙しなく行き交う街で、寂しさを感じることもある。そんなことも口にしていた。

そんななかで、音楽は最高の現実逃避をさせてくれる。

彼の美しいハンドルさばきに惚れ惚れとしてしまう。

血管の浮き出ていない手。

メロディーに合わせ、足でリズムを刻む。彼は意外と繊細な人なのかも。ふとそんなことも思った。

そんなとき、私を楽しませようと、踊り始めた。と言っても、その場で肩と手をほんの少し動かすだけ。気づけば、私もまったく同じ動きをしている。そのことに、私自身が一番驚いた。
そして微笑みあった。

「この曲のタイトル、思い出したら送るよ」。そう約束してくれた。
その瞬間、ミラー越しに彼と目が合った。

自分でも不思議なくらい、言葉がスラスラと口をつく。
「この曲を聴くたびにあなたのことを思い出すから」
彼が再びミラー越しにちらっとこちらを見たのがわかった。
ちょっとびっくりしたような目をしている。
いったいどういう意味なんだ？　そう言いたげな眼差しだった。

車が停まる。
彼はゆっくりと身体をこちらに向け、「マダム、よい一日を」と言い放った。
目的地に辿り着くまでのわずかな時間。
相乗りサービスを利用したことで得た、この10分。

私は少しだけ若返った気がした。あっという間に過ぎていく、儚い時間。
ドアを開け、歩道へと降り立った。
２、３秒後、車は勢いよく走り去っていった。

もう、あの頃とはちがう！

When you start finding biographies fascinating.

自分が辿ってきた道を
「意外と魅力的なんだな」と思えるようになったとき。

新たな恋に
出会って

コンスタンティン・ブランクーシのかの有名な彫刻、「接吻」を思い出してみてほしい。あれは、石の塊をひたすらシンプルに削ることで生まれた作品だ。恋人たちがまるで一つの存在であるかのように絡み合う。その姿は、恋愛の本質をうまく捉えているように思う。

優しく穏やかなキスをして、腕を広げて抱き合い、やがて一つになっていく。二人が一緒になることで少しずつ "完璧" に近づいていく。それこそ、"永遠の愛" というものを力強く表現しているように思う。

とはいえ、ときに恋人たちは別れを選び、一人の生活へと戻っていく。とてつもなくつらく、痛みをともなう時間が続く。

そうした時間を経て、違う誰かとキスをする日が再び訪れると、心も身体も緊張し、少しだけ身構えてしまう。
恋愛以外ではまず味わうことのない、予測していなかったことが立て続けに起こっているような、唯一無二の感覚。
崇高でなめらかな一連の動作のなかにある、信じられないほど刺激的な時間。
そんなことを全身で感じながら抱き合っているというのに、心のなかはどこか不安定。
初めて触れ合ったときに「これまでとは何かが違う」と直感的に感じることが戸惑いにつながっているのではないか、と思う。

自分の肌と相手の肌が触れ、それまで知らなかった匂いや肌の柔らかさに触れる。相手の舌が入り込んでくると、びくっとせずにはいられない。これまで何度も触れてきたものとは全然違うから。自分の身体と、ついこの間まで他人だった人の身体を結びつける。身体に衝動が走る。

自分では、こんな瞬間を受け入れる準備は万端のつもりだった。新しい恋に飢えていたし、何より自分自身が望んでいたから。いつかまた他人と唇を重ねる日を想像していたし、自分とは違う存在、異質なものを求めていたのも事実だ。

　　　　　　　　　　　　　　　　3. ロマンスのありか

新しい恋に出会うということは、かつてのパートナーと自分が時を重ねるなかでどれだけ深い関係を築き上げることができたのかを改めて知る機会にもなった。かつてのパートナーとは時間をかけてお互いを形づくり、絡み合う彫刻のようにお互いを磨き上げてきたんだ、ということを。

新しい恋愛をすることで、20代の頃のように情熱的になれるのではないか、ととこかで思っていた。でもその代わり、若かりし頃ならではの痛々しい経験も再び経験することになるのかもしれない、とも。

恋愛に対する恐れや不安、必ずしも答えのない問い。年齢を重ねてからの新しい恋愛には、これらすべてが自分のなかに経験として蓄積されている。だから、初めて恋をしているという若い女性にアドバイスするのと同じように、自分自身にもアドバイスできるんじゃないかな。

　恋愛って、単なるパフォーマンスではないんだよ。
　自分がどうしたいかを大切に、感じるままにするといい。
　自分と同じように、少しだけ身構え、緊張している相手を安心させてあげて。
　あまりに戸惑ったりしてしまいそうなことは、最初からはしないこと。
　本当の意味で相手を理解し、知るまでにまだまだ時間はある。体操競技でメダルを取ろうとしているわけではないのだから、時間をかければいい。
　自分の体型や欠点ばかりを考えて、自信をなくしたり動揺したりする必要はないんだよ。そんなこと相手は少しも気にしていないから。
　大切なのは、その瞬間、何を感じているか、ということ。

再び誰かと抱擁するということは、他の誰かともう一度一つになるという可能性をもたらしてくれる。まさにコンスタンティン・ブランクーシがキュビズムという現代美術の流れを生み出したように。

自分の身体に、
何か新しい要素を感じる
ということはとても不思議で、
新鮮なものなのです。

スタイリングの極意

たまには普段より2サイズくらい大きなジャケットやコートを着てみても。
縦のシャープなラインが、独特の雰囲気を生み出してくれる。

3. ロマンスのありか

きちんとして見えるように、とスーツを着る場合は、必ずしもネイビーや黒を選ぶ必要はない。落ち着いたピンクのスーツは、オリジナリティ、そして強い意志を表現してくれる。

　夜のパーティーに出かける際は、コートをケープに変えてみて。どことなくミステリアス
な雰囲気を醸し出せるから。予想外のことも起こるかもしれないから、それに備えておいて。

　　　　　　　　　　　　　　　　　　　　　　　3. ロマンスのありか

〈デニムやスニーカーなど〉自分にしっくりくるアイテムを見つけ、うまく着こなせる
ようになろう。気分が浮かない日にも、それなりの威力を発揮してくれるはず。

シンプルなラインの服に、インパクトのあるアクセサリーは
普遍的で最強の組み合わせ。

3. ロマンスのありか

インパクトのあるアイテムを一点だけ使い、うまくモノクロの上下と組み合わせてみて。
より強いインパクトを放てるようになり、かつエレガントな雰囲気にもなる。

一見、色の組み合わせがチグハグな上下をあわせてみる。スタイル自体に驚きがあるし、
意外とシックに決まるものも。ワードローブに仲間入り！

3. ロマンスのありか

デヴィッド・ボウイが
いてくれたから

忘れもしない、2016年1月10日。

激しく動揺してしまった。あのデヴィッド・ボウイが亡くなったのだ。彼の音楽が好きで好きでたまらなくて、と言い訳することもできたけれど、必ずしもそういうわけじゃない。

でも、涙がとめとなく溢れてきて、自分を待ち受ける運命に嘆き悲しまずにはいられない。心が不安定になってしまうのだ。

デヴィッド・ボウイは、自分の人生を思うように生きて、そして最後は力尽きた。彼はかつて「自分の周りに集まる、すべての人を口説いていた」なんて言葉も口にしていた。夜な夜なロンドンでのイベントを企画する"パーティー好き"としても知られ、部屋の中央には毛皮で覆われたベッドがこれみよがしに置かれていた。こうした一つ一つの家具にさえ、彼の生きる哲学が刻まれている。明け方まで続くパーティー、アルコール依存、ドラッグ、そして生み出される素晴らしい音楽。そのすべてがデヴィッド・ボウイという存在そのものだった。もちろん、二日酔いで苦しむなんてことも何度となくあったのだろうけれど。

デヴィッド・ボウイには専門の担当医やシャーマン、そして鍼師、自然療法士といった人々もついていただろう。お金もコネもあっただろうし、凄腕の研究者からケアを受けられるだけの力も、未来からやってきたかのようなテクノロジーに触れる機会もあっただろう。私たちには想像できないくらい、すべての論理を覆すほどの手段があったはずだ。

それはつまり、そうしたものを駆使すれば、デヴィッド・ボウイはこの世からいなくなることはなかったということ。そんな彼が亡くなってしまったのだから、私たち皆に死はやってくる。

私たちは皆、ヒーローになることはできる。いつまでも、いまこの瞬間を生きて、永遠を手にいれるための治療法を探し続ければいい。ずっとそんなふうに思っていたけれど、彼は亡くなった。自分でもどうかしているのではないか、と思うほど泣いた。そして、この1月10日以降、タバコを吸うのをやめた。デヴィッド・ボウイは、私の命を救ってくれたと言えるのかもしれない。

　　　　　　　　　　　　　　　　　　3. ロマンスのありか

これも一つの
愛のかたち

彼は、人には言えないようなことも一緒に行ってくれる相手だ。セックス以外のことはすべて。

彼は心に火をつけてくれる。特別私を喜ばせようとしているわけではないのに。

彼に送るメッセージは少なくとも、5、6回は書き直す。

彼と会うのは年に一回程度。でも、彼のことは毎日考えている。

人生における "最高の瞬間" を振り返ると、その場には彼がいたことが多い。

なぜこれを彼と一緒に行わないのだろう、とふと思う。自分の片割れと言える存在なのに。

分別のないことだとわかってはいる。でも、そんな秘密の関係をキープしていたい。

彼と一緒に観たいと思う映画がたくさんある。そんな願いが叶う日はこないんだろうな、と思いつつ。

彼に知らせるためだけに、達成したいことがある。やっぱり私は他の人とは違うでしょ、と伝えたくて。

彼は同じベッドにはいない。でも、頭のなかでは彼の囁く声が聴こえる。いつも私を励ましてくれている気がする。

私が彼をどれくらい大切に思っているのか、彼はまったくわかっていない。

私が大事に思っているということを知ったら、すごく驚くと思う。

彼という存在をまわりの友人たちに話したりはしない。たとえ親友であっても。

私の心のなかにとても控え目に存在してくれている。

彼は、私の秘密の逃避行先。

彼は、私の詩的とも言える想像を体現してくれるような存在だ。

彼とセックスする日は一生こないんだろうな。恋人ではないから。

でも、彼が私に向ける親切心には嘘がなく、どれもこれもとてもリアルだと思う。

私たちは、二度老いることができる。
一度目は、ただただ驚きながら。
二度目は、もっと時間を大切にしながら
過ごすことができるだろう。

心のなかで呟いているけれど、絶対に口に出して言わないこと Part2

それって新しいスラング？　いったいどんな意味なの？

二十歳の頃の自分は、なんでもわかった気になっていた。でも、いまこの年齢になると、人生は思っていたよりもややこしくて厄介なものなんだなと思う。

いまのうちに楽しんでおいたほうがいいよ。時間はあっという間に過ぎるから。

ちゃんと天気予報を確認したの？

お願いだから叫ばないで。お母さん、疲れているんだから。

私があなたくらいの年だったら、違うやり方でやるだろうな。

ほかにもいい人はたくさんいるよ。

私たちロスジェネ世代だね。

店を出る前には必ずトイレに行こう。たとえ行く必要がなくても。

インターンの子たち、いったい何の話をしているのかしら？

世の中で何が起こっているのか、もう少し興味を持ってみたら？

「母の日」にもらった服を着ていないのは、ただ汚したくないから。

もう白ワインはあまり飲まないようにしているの。

「お腹が空いていないから野菜を食べられない」なんて、当然デザートも入らないよね。

ガムを噛んで飲み込んだりしたら、胃に張りついちゃうんじゃない？

私、一つ前の世紀に生まれているから。

その男と昔寝た気がする。なんて名前だっけ？

あなたの彼は旅に出たのだと思うよ。いつ戻ってくるかわからない旅にね。

もう、あの頃とはちがう！

WHEN ONE OF YOUR EYES IS SMALLER THAN THE OTHER.

片方の目が、もう片方の目よりも
小さくなったとき。

新しい
ロマンスを探して

こ れまでの人生を振り返ってみると、新たな恋を見つけようという明確な目標を持って張りきっていた時期がある（これをタイプAと呼ぼう）。最終的な目的は恋を手にすることだったけれど、その過程で、思いがけず人生の教訓や道徳といったものを手にし、後から考えれば自分の糧になっていたなんてことも。

それらは偶然の出会いによってもたらされたもの。でも、これがもしマッチングアプリなどオンライン上での出会いだったとしたらどうだろう。果たして同じような経験を積めただろうか？

マッチングアプリの世界に足を踏み入れることがあるなら、自分のなかで決めていたことがある。それは、「実社会でなかなか恋がうまくいかないからオンライン上で誰かを見つけてやろう」と考える人たちよりスマートに、うまく相手を見つけてみたい、ということ。使い方やルールとなる基準といったものを警戒せずにはいられない。

まさにそこは無法地帯と言える。自己愛や浮ついた心、そしてときにある種の暴力性によってその場は支配されている。「○○のサイトはセックスが目的だよね」とか「実は○○も○○もそうだよ」とかそんな話ばかり。肉体関係を求める人のために用意されている感じは否定できない。みな辿る運命は同じ。スーパーで消費されるのをひたすら待っている肉の塊のようなものとも言える。

でも、だからと言って何もしないのは退屈で仕方がない（不可解なことに、まだ相手を見つけられないシングルなのだ）。パーティーで出会うのはいつも同じタイプの男ばかり。**元カレたちとヨリを戻して、再び恋人関係になるなんてことも何度か繰り返してみた。**手っ取り早く恋人ができるという意味では悪くない方法なのだけれど、問題は相手もみな、自分と同じように年をとってしまっているということ。

ちなみに、パリでは「デートをする」という発想自体がない。すぐにベッドをともにするか、激しい恋に落ちてしまうか、そのどちらかでしかないから。そんなことをいろいろ考えていたら、オンラインデートについてますます好奇心が湧いてきて困ったものだ。

本音を言えば、チャレンジをしてみたい。「リスクを冒す」って、それだけで何も経験しないよりはずっとワクワクする。それに、私自身が自尊心を高める必要性も感じていた。プロフィール写真をアップしては、ワイルドで欲深いローマ人に発見されるのを待っているクレオパトラのような気分になっていた。

なかなか一つには絞りきれないこともあって、とりあえず3つのマッチングアプリのサイトに登録をしてみることにした（ボルドーワインを一杯飲んで勢い

　　　　　　　　　　　　　　　　　　3. ロマンスのありか

をつけた）。果たして、心躍るような出会いは向こうからやってくるのか。とりあえず一週間だけ試してみようと思う。

最初の何日かは、マッチングアプリなるものを理解するのに精一杯だった。良いこともあれば、悪いこともあった。騙されそうになったこともあり、なかなかショックだったな。物理的に目の前にいない相手と、こんなに親密な感じになれるなんて、不思議な感じもした。

でも何より意外だったのは（というより、何よりがっかりしたのは）、私にはほんの少しの「いいね」しかつかなかったこと。マッチングが成立して相手とやりとりするチャンスを得ても、会話が途中で途切れてしまう。うまくいかないのは、いったいなぜ？

このなんとも虚しい成果を数少ない男友達に話してみると、彼らはみな明るく笑い飛ばし、うまくいく方程式とやらを教えてくれた。まず、目に入ってきたプロフィールに片っ端からコンタクトしてみる。そしてそのなかから、自分に心を開いてくれた相手を選ぶ。
ということで、600人のなかから3人とだけ距離を近づける努力をしてみることにした。3人目にはまだ迷いがあったけれど。

＊＊＊

とにもかくにも、始めてみよう。今週、二人とのデートが控えている。
そう、オンライン上ではなく、実際に会うことになったのだ。一見したところ、平凡な二人だ。思い描いていたほどではないかもしれないけれど、会ってみてもいいかも。

一人目は背の高い、黒髪の男性。笑顔をつくり、リラックスして見えるよう心がけるのに必死だった。こんなキャラではないんだけれとな、と内心思いつつ。でも、次第に彼の落ち着いた話しぶりに心が安定していくのがわかった。

普段から会っているような、自分の知っている界隈以外の人々と会うことの大切さを、身をもって感じる。話題はどれもこれもとても新鮮に感じられた。必ずしも得意分野というわけではなかったけれど、決して不愉快には感じなかった。気がつけば会話は弾み、自分自身も楽しんでいた。

そんなとき、ふと彼がこんな言葉を漏らした。彼自身、どう伝えればいいのか、まだ少し迷っているようにも見えた。一息ついてからこう切り出した。
「見ての通り、僕はちょっと古いタイプの人間でね。だから基本的に君とも家族になることから始めたいんだ」。そして、そう思っていたことを詫びた。びっくりして息が止まるかと思った。彼はつい一時間前までは全く知らない人だったはず。異性とこんなにも正直に胸の内を話すことができたのはいつぶりだろう。すぐに、「自分も家族が欲しいと思っている」ということを伝えた（正確に言うと、彼と家族を築きたいというよりはもっと一般論で、家族が欲しいという意味で）。

それから数日後。別のカフェで二人目の男性と会うことになった。彼は会うなり、すぐに自分の思いを要約して私に伝えてきた。彼は視線を落とし、**あまり時間が残されていないんだ**」と口にした。**ただセックスに期待しているだけだったら、違う人と会ったほうがいいよ**」と。彼は本当に相性のいい相手を探すためにここにいるわけで、オンラインで出会ってすぐセックスできる相手を探しているわけでも、求めているわけでもないんだ、と。

* * *

二人とのやりとりを、私も社会的観点から考えてみることにした。オンラインでデートしたがるような人たちに、私はちょうど良く映ったのかもしれない。なぜなら、彼らにとって「高嶺の花」という感じではなかったから。二人の男性たちは、女好きで女たらしの田舎者にすぎない。そして、自分もまた真の相手に出会うその日まで、オンラインデートで出会う相手に深く関わろうとはしていなかったから。

でも、大きな気づきもあった。二人は自分が想像していたような男性とは違った。現実社会にいる友達なんかよりももっとずっとロマンティックで、本当はどうしたいのか、ちゃんと自分でわかっていた。

自分が誰とも出会えていないのは、本当はどうしたいのか、自分でも明確になっていなかったからなのかもしれない。「恋をしたい」という気持ちはもちろんある。でも、恋をすることと、誰かと人生をともにすること。その二つを切り離して考えていなかったか？

この二人のようなタイプの男性は、現代のマッチングアプリのメインユーザーではないかもしれない。二人と出会い、話して感じたことはこの界隈では一般的ではないのかもしれない。でも、こうしたことを知れたのは、素直にありがたいなと思う。なにか特別な贈り物をもらったような気もする。彼らのおかげで、自分がいかにひねくれた人間だったかということにも気づかされた。
思い出すだけで、惚れ惚れするくらい、感じのいい二人だったなって思う。二人と出会ったことで、精神的に少しだけ大人になれた気がする。異性と、こうやっていい雰囲気のなか話し合うのは本当に久しぶりだったし、話をできることのありがたみも改めて痛感した。

謙虚さみたいなものを、忘れないようにしよう。そして、またロマンティックな恋をしてみたい。

<u>もう、あの頃とはちがう！</u>

When your colleague was born the same year you graduated.

同僚の生まれ年が、
自分が大学を卒業した年だと知ったとき。

美容整形に変わるもの

世 の中にはさまざまなタイプの人がいる。

たとえば、自然に年を重ねていくことに価値を見いだし、そのことばかりを気にしている人。まだまだそんな年でもないのに、もう70歳にでもなったかのようにいつもこんなことを口にしている。

"仕方がないよ！　年を重ね大人になるってそれは美しいことであり、ある意味誇るべきこと。私の祖母にもたくさんのシワがあった。彼女が辿ってきた道、経験してきたことがすべて顔に刻まれているってことでしょ。それって素晴らしいと思う"

そう、その通りだとは思うよ！　でも、「自然に任せていたの」と言ってそれを見せびらかして歩いているような人は、15歳くらい若く見えるようにするべく、一日中ヨガをしたり、老けにくい"不変の遺伝子"を持っているように思える。ずっと若いままでいるためには、科学の力も活用すべきと考えるような人は、美容整形にもそう抵抗はないのかもしれない。

"この垂れ下がったまぶた、まるで寂しそうな子犬みたいじゃない？　もったいない。でも、美容整形すればすべてが解決！　外科医の先生の連絡先もあるしね。彼はいいよ、なかなか才能あると思うよ。ちょっと見て。私の顔をパッと見て、整形したってわかる？"
仰る通り、決してそうは見えません……。

でも、そんな人たちばかりとは限らない。そんな会話を交わす人々のなかで少しだけ呆然としながらも、二つの選択肢のなかで揺れている人たちがいる。**少しだけ人工的な助けが欲しいなと思いつつ、自分の本当の顔が失われてしまう、そればかりでなく、もしかしたら自分の心まで失ってしまうのではないか、ということに恐れを抱いているような人たち。**

顔に目立ったシワがなく、なめらかな肌を持つ女性を街中やレストランで見か

　　　　　　　　　　　　　　　　3. ロマンスのありか

けたとき、密かに羨んでしまうような人たちだ。自分だって、少しの勇気があれば。そう心のなかで思いつつも、美容整形には踏み出さない。友達と映画を観に夜出歩くような感覚で、ボトックスやヒアルロン酸の注入治療をする人もいて、そんなことは大したことじゃないと考えている人もいるというのに。

皮膚科医のなかには、「そうしたことは二十歳くらいの頃からやっておいたほうがいいよ」とアドバイスする人もいる。「そうすれば、シワが出ることもないよ！」と。

でも、他人に何を言われても結局のところは思いきることができない。整形をしたら健康被害が出ないか心配だ、なんて理由をつけながら。頭痛がしそうになると、どんな薬でも飲んでしまうようなタイプの人間なのに。

ということで、彼らは美容整形の力は借りず、その代わりとなるやり方で永遠の若さを手に入れようとアンチエイジングに励む。自分が老いていく姿を見続けるという行為は、なかなかつらいものだから。

顔のヨガ
エクササイズを通して、顔の筋肉を継続的に動かす。筋肉を動かすことで、シワを伸ばし、肌にハリや弾力をもたらす。

顔のセルフマッサージ
親指と人差し指で皮膚をつまみ、素早いリズムでつまむ→指を離す、を繰り返す。表情筋の奥のほうまで届くように。疲れたときに現れやすいほうれい線やゴルゴ線を薄くし、顔をパッと明るくしてくれる。

ダイエット

生の果物と野菜、お湯にレモンを搾ったものを毎朝口にする。そして緑茶もまた、肌に健康的な輝きをもたらしてくれる。

KOBIDO（古美道）

日本に古くからあるフェイシャルマッサージは、自然な方法でありながらリフトアップに一役買ってくれる。

リラックスできて、心の平穏も取り戻すことができる。

酸素噴霧

冷却した酸素を顔に吹きつけることで、血行を促進し、細胞修復につながる。肌をなめらかに明るくしてくれる。

クライオセラピー（冷却療法）

冷気を顔に当てることで、顔の神経を瞬間的に凍らせ、血行をよくし、明るさをもたらす。それにより、肌もなめらかになる。

無線周波数フェイシャルマシン

肌の軟組織を細かく刺激していく、レーザー療法。コラーゲンの生成をうながすことで、肌をふっくらと引き締める。

美容鍼灸

身体的にも感情面にも効く東洋医学のメソッド。肌の老化のスピードを緩めてくれる。

4.

年齢、その曖昧な定義について

何歳までなら間に合うの？

　　れは、いつもの検診と何ら変わらないはずだった。
そ　運転免許の更新のような感覚で足を運ぶ、年に一度行くか行かない
　　かの健康診断。マンモグラフィー、子宮頸癌の検査、血圧測定、体
重測定。そして「生理の周期は問題ないですよね？」という、お決まりの言葉。
だが次の一言で、急に相手が自分の神聖な領域に踏み込んできたような感覚に
なった。

子供が欲しいと思っていますか？

目の前の婦人科医と自分の人生設計について話す日がくるなんて、考えもしな
かった。でも、気づけば診察室の長椅子に座ったまま「はい」と答えていた
（問診なので、あの足を思いっきり広げる内診台に乗ることはなかった）。いつ
の日か母親になりたいと思っている。でも、いまのところは相手もいないし、
自分の子供をすぐに持つ必要性もとくに感じてはいない、と。

でも、時間は刻々と過ぎていきますよ。

沈黙のなか、その言葉だけが室内に響きわたり、場を支配する。

卵子凍結について考えたことはありますか？

「ひたすら待っているだけだと、やがて期限切れになるよ」。言い換えるとそ
んなところだろうか。「まだまだ時間があるから大丈夫」なんて思っていたこ
と自体が間違いだったのだろうか。

「ここ数年、いったい何をやっていたんだ？」とでも言いたいのだろう。さすがに言葉には出さないだろうけれど。もっと残酷な言葉を使えば、「自分の身体は男性と変わらないとでも思っていたの？」という感じか。

実は子供について、考えを巡らせたことがないわけじゃない。そこは素直に認めておこう。祖母は女性の投票権を手にした世代で、母は性の解放、避妊、離婚、そして中絶の権利を得た世代だ。そして自分はというと、男性と同じ権利を得ることができるようになった時代をのびのびと生きている（少なくとも自分ではそう思っている）。女性だって、誰にも頼ることなく生きていける時代。罪悪感を感じることなく、成功を手にすることができる世代だ。子供だって、自分が望む時に持てばいい——ずっと、そんなふうに思っていた。

婦人科医に言われたことは、思いきり否定するようなことではなくて、どちらかというと、私自身が願っていたこと。「仕事」や「自立」といったものと同じくらい、自分自身が「実現できる」と信じていたことだ。

そうだ、私はできる。できない理由？　それは単にまだ出会うべき相手に出会っていないだけ。そしていま、ようやく自分が置かれた状況がわかってきた。赤ちゃん？　先でいいわ。まだ若いし、健康だし、ジムのクロストレーナーで30分間ペダルを踏み続けたって、息切れしないんだから。妊娠？　まだまだ先！　40代で初めて妊娠した女性なんてたくさんいるでしょ？　すぐに何人か思い浮かぶということは、実際に多いということ。それは間違いないと思う。

とはいえそうした自分の考えは、目の前の婦人科医が放つ些細な言葉によって影を潜めていく。婦人科医は、「こうすれば妊娠しやすい」という習慣について、ホルモン、注射、そして排卵誘発剤について、どんな治療が必要かについて話している。え、なんの話？　腰かけていた長椅子が急に大きく感じて、その中に身を埋めてしまいたい、隠れたいと思った。自分の意志に反して、目の前の男性が言わんとしていることを深く理解してしまった。
35歳を過ぎると、なかなか妊娠できなくなる。実際に妊娠まで至らない夫婦

も多い。でも、"時間を稼ぐ"ことはできる、と。

卵子を凍結するなんて考えたこともなかった。この自分が卵子を凍結するなんて。冷凍庫に自分の"卵"を入れる——。想像するだけで、なんだかおかしい。これから起こることを予想したうえで、正確に測定し、安全に保管する。そこには恋愛ならではのロマンティックな美しさは皆無だ。愛とはまさに「計画」や「予測」といったものとは真逆にあるものでは？

偶然の出会いとは、まるで魔法のようなもの。自然にやってくるもので、予測なんてできるわけない。そう思ってしまうのは、自分が前時代的な考え方（これはある意味20世紀ならではの考え方）をもとに育てられたからなのか？
目の前の医者は私の心が揺れていると感じたのか、「もし始める気があるなら新たに予約を取りましょうか」と言ってくる。そして、「卵子を凍結するだけでは必ず妊娠できるとは言えないからね」と念を押してきた。

クリニックを出て、鍵はどこだっけ？　とハンドバッグのなかを引っ掻き回し、再び車で出発した。クリニックを訪れる前の、わずか一時間前のあの世界に戻ろうと必死だった。

＊＊＊

誰かに相談するべき？　それとも、胸に秘めておくべき？

それからの数日間、この話題をさりげなく会話に出しては周囲の反応を探ってみた。そのときの空気から、この話題はとことんタブーなのだな、ということを知った。これはいわゆる"女性の神秘"を脅かすような話なのか。シングルでいること、妊娠する力が低下するという話題に踏み込むのは、恥ずかしさや恐れといったものを突きつけるようなことなのか（つまりは、やがて資本主義の脅威が我が家の寝室にまで入り込んでくるということを意味する）。

話を進めていくと、意見は一向にまとまらず、むしろバラバラになっていくのがわかった。さまざまな視点、異なる意見であふれていた。ずっと秘密にしていたけれど、実はもう卵子凍結に踏みきっていた、という人もいれば、「過程が不自然すぎるから論外」とする人も、「感覚的に怖い」と言う人もいた。結局は自分一人で結論を出すしかなかった。

ありったけの勇気を集めて、処方箋をもらい薬局に行き、なんとか排卵誘発キットに手を伸ばしてみた。まだ葛藤はあるし、恐怖がないわけじゃない。でも、いま自分がするべきことはわかった。次の生理周期からすべてが始まる。

次の生理周期から、新しい体験が待っていた。

自分の身体との新たな付き合いが始まる。文字通り、すべてが自分の手にかかっていた。お腹の肉をつまみ、注射を打つ。確かにこれなら自分でできるし、痛みも我慢できる。それだけで、何かに打ち勝てたような気分になる。そして、自分の身体というものがよりよくわかるようになった気もした。とりわけ、自分という人間を構成している、シミだらけの皮膚にも、血管にも、一つ一つの細胞や器官にも、感謝したい気持ちが芽生えた。彼らの言うことなら、なんでも聞いてあげたい。そんな気持ちにもなった。

それから20日後。クリニックの味気ない待合室で、自分の名前が呼ばれるのを待っていた。訪れた患者がそこにぶつからないように、という配慮からだろうか、待合室には、薄く色づいた窓がある。待合室を出るとき、つまり新しい展開への一歩を踏み出すときは、どうしようもなく恥ずかしい気持ちが襲ってきた。視線を落とし、居心地の悪い気持ちを抱えたまま、ゆっくりと前へ進む。

それからは早かった。手術は30分ほどで終わった。麻酔後は、なんとなく身体がダルい。でも、少しすると自分は恐怖に打ち勝てたという感覚に満たされた。いま、液体窒素のなかに自分の9つの卵子が凍った状態で保存されている。そう難しいことではない。

身体はもうクタクタだった。肌の下にも、自分の心にも荒れ狂う津波が押し寄せているかのよう。身体の中にかつて存在した、生命力の強いものが失われ、自分のDNAの一部がどこかへ行ってしまったような感覚になった。

それからの数日間は、なんとも言えない気持ちを引きずった。でも同時に、不思議と以前よりも自由になれた気もした。ホルモン量が急激に低下したような感覚にもなったし、さまざまな疑問が頭に浮かんではきたけれど、これこそが足を踏み入れたことのない分野に身を置いている、ということなのだろう。医学的な手を施したということ以上に、気持ちの面で新たなスタートをきれた気がする。自己実現のためのソフトウェアがアップデートされた、というべきか。自分自身の欲望により忠実でいられるようになり、時間が限られているということに対しビクビクしなくてすむようになった。
そもそも本当に子供が欲しかったのだろうか？　良い相手に出会えなければ、必然的に一人で育てなければならない。果たして自分一人の手で育てることができるのだろうか？

まだまだ忙しい日々が続きそうないま、自分はとてつもなく大切なものを自分にプレゼントできたような気がする。それは、他ならぬ"もう一つのオプション"を得たということ。時間に追い立てられることなく、心の声に従い恋愛をすることができる。妊娠や出産のタイムリミットを気にして恋愛をするのではなく、本当に自分にとって必要な人を見つけるために時間を費やすことができる。もう、時間に追われているという恐怖を日々感じなくてすむ。

これまでは、体内に"時限爆弾"を抱えているような気がしていたけれど、それももうなくなった。気持ちも明るくなった。時々、自分自身の結晶とも言える、－196度に凍った小さな卵子のことを思う。まだ知らぬ誰かが、私の人生という領域に姿を見せることになるのかもしれない。そんな想像をすると、たまらなく幸せな気持ちになる。

もう一人どうかな？

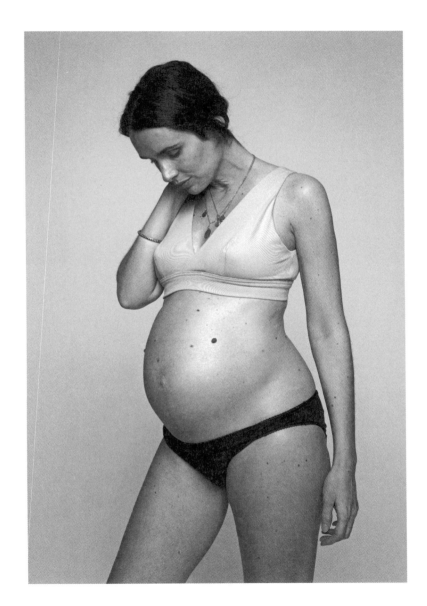

　　　　　　　　　　　　　　4. 年齢、その曖昧な定義について

ここのところ、気づくとこんなことを考えている。

もっと家族が増えたほうがいいのかな?

まだ時間はあるかな?　エネルギーは残っているかな?

私たちの関係は変わらずにいられるかな?

もう一人増えたら、その子にも同じように愛情を注げるかな?

仕事をいままでと同じように続けながら、もう一人の子供の面倒をみる……すべてをやりくりするなんて可能なのかな?

でもあるとき、生まれたばかりの赤ちゃんを見て、「新生児ってなんて可愛らしいんだ」と、改めて気づいてしまった。小さくて可愛い顔、ふにゃふにゃな手、ほんのりと甘くていい匂いのする肌……。首の後ろにぺったりと張りついている髪の毛についてはあえて触れないけれどね。こんな可愛らしさの塊のような存在を前にすると、自然と精神が落ち着き、心が穏やかになっていくのがわかる。

そして、自分のなかでもう一人子供を持とうとする前向きな気持ち(+)と後ろ向きの気持ち(-)を挙げて、どちらの比重が大きいかを精査してみたくなった。

1. どうすれば子供ができるかはわかっている（＋）

2. 世界的に見れば、人口は激しく増加している（－）

3. これ以上時間がたってしまったら、後悔先に立たず、になりそう（＋）

4. 家計をやりくりするのは、いままで以上に大変になるだろうな、と思う（－）

5. と言っても、なかなか妊娠できない（－）

6. 心のどこかに、子供が欲しいという気持ちがある（＋）

7. 一人目が生まれたときは、革命が起こったかのように生活がガラリと変わった。二人目はきっと、ちょっとしたイベントが増えるかのようなもの。三人目なら、何もしなくたって自然に育つはず（＋）

8. 前回は、体重を戻すのに２年はかかった（－）

9. 二人目の出産後、離婚率は上がるという現実がある（－）

10. 大家族は楽しい（＋）

11. ようやく上の子のオムツが取れたところ（－）

12. 前回の出産のとき「もうムリ、これで最後！」と言い放っていた（－）

13. どうであれ、どこかのタイミングで子づくりはやめなければいけない（－）

14. 間違いなくバタバタするであろう日々が待っている（＋－）

もう、あの頃とはちがう！

WHEN IN ALL HONESTY YOU'D RATHER HAVE SEX IN BED THAN IN THE SHOWER.

本音を言うと、シャワールームより
ベッドでセックスしたいと思ってしまうとき。

4. 年齢、その曖昧な定義について

シングルでいるということ

「なかなかキツいかも」と思うのはこんなとき

・「子供が生まれました！」という写真つきのメッセージカードが届くとき。胸が少しだけ痛む。

・日曜の朝を一人ベッドで迎えて、一日何をして過ごすか、何も思い浮かばないとき。

・友人たちのあいだで、自分の恋愛話はタブーとされていると感じるとき。

・「私の場合はこうだったよ」と自分の経験談を披露され、あなたもそうしたらとアドバイスされるとき。一人一人言っていることが違うにもかかわらず。

・「自分の人生で一番輝いていた」と感じる瞬間を誰とも共有できていない、そんなことを痛感するとき。

・「もしかして、今夜何かが起こるかも」と期待を抱いて一番セクシーだと思う下着を着ていたのに、結局一人で眠りにつくとき。

・母親からも、「デートアプリでもダウンロードしてみたら」と言われるとき。

・ヴァカンスの計画を立てなければいけない頃だというのに、一人で旅に出る気になれないとき。または、子供たちがたくさん集まるような家にわざわざ行きたいとは思えないようなとき。

- 若い頃からずっと一緒につるんでいた腐れ縁の女友達だって、結婚したと知ったとき。

「シングルも悪くないな」と思うのはこんなとき

- 結婚したからといって幸せになんてなれない、修羅場にだってなりうる、と知ったとき。

- 何をするにも自由で、夜７時までに家に帰る必要がないとき。

- たとえこの世からその人以外の男性がいなくなったとしても、昔からの女友達の新しい彼氏だというあの男と自分が寝ることはないだろうな、なんて思うとき。

- どんなセンスしているんだろう？　なんて思わずにはいられない、新生児誕生を知らせるメッセージカードを受けとったとき。

- 恋人がいないからこそ、なんでも自由に自分で決められたんだ──。人生で最も豊かで充実した時間を過ごすことができたのは、自分がシングルだったからこそだと認識したとき。

- 「もう二度と会うことはないだろうな」と思うような相手を家に連れてくるとき。そのときのドキドキがたまらない。

- 夏のヴァカンスの計画を前々から立てる必要がないとき。出発する直前だったとしても、自分の意志だけで自分が行きたい場所へ行くことができるから。

4. 年齢、その曖昧な定義について

ポジティブであること
の美徳

人生のなかで過ごす時間を単純に比較すると、ベッドを共にした男性たちよりも、友人たちと過ごした時間のほうが長い。だからこそ、彼女たちが何を考えているのかに気を配り、大切にしなければならない。たとえ彼女たちに大口を叩かれたり、なんとも面倒で厄介だな、と思うようなことをされたりしたとしても。だから、「このままでは友情が壊れそう！」と思うくらいぶつかることがあれば、深呼吸をして、自分の中にある"善意"を探してみるのもいい。瞬間的にカッとならずに少し時間をおいて考えてみるだけで、優しさや温かさといったものが自分のなかからこみ上げてくるのがわかるはず。それはきっと、自分の内面を見つめることにつながる。

たとえばこんなことが起こったとき。

＊友人がどうでもいいことに過剰反応したり、イライラをぶつけてきたりしたとき
 瞬時の反応：「最近セックスしてないからそんなにイライラしているんでしょ」とついつい言いたくなってしまう。
 善意ある対応：相手の攻撃的な態度にカッとなって反応するのではなく、「あなたの話し方のトーンに少し傷つくんだよね」と優しく言ってみる。

＊何度も約束をすっぽかす友人

瞬時の反応：「これまで何度も言ったじゃない、何度同じことをすればわかるのよ！」と言って、「もう限界！」とまくし立てる。怒り狂ったまま、電話を一方的に切る。

善意ある対応：その友人と約束をしたり、何かを企画したりするときは、常にプランBを用意しておく。そうすることで、彼女のすっぽかしによって時間を無駄にすることがなくなる。ここで大切なのは、彼女が本当に自分をほったらかしにするつもりだったのか、それとも気が滅入ってそんな気分になれなかったのか、どちらであるかちゃんと理解するということ。

＊常に自分の意見に反論してくる友人

瞬時の反応：連絡を絶つ。本当の意味でお互いを理解するのは時間がかかるし、歩み寄ろうとするならば更にややこしいステップが待ち受けている。それぞれ違う惑星に住んでいる、と思うくらいがちょうどいい。

善意ある対応：単純明快な友情なんてそもそも存在しない。こんなことがあるからこそ、自分の内側にある思考についても深く考えられるようになる。何より、「自分ってこんなふうに考えていたんだ」と新たな発見につながる。

＊自分の彼氏と寝る友人

瞬時の反応：彼女のことが大嫌いになり、二度と会いたくない、と思う。自分の大切な部分を破壊されたような気がして深く傷つく。

善意ある対応：彼女はなぜそんなことをしたのだろう、と理解しようと努める。単純に、自分にまだ女性としての魅力があるのか不安で、とりあえず試してみたかっただけ？（そんなことはないか。ここまでくると、もう善意でもなんでもなくなってくる）

実際には、何も変わらなくとも

「時間とともに変わってくるよ」
と周囲から言われてきたこと

洗いたてのきれいな下着がないときに、とっさに水着を着る。

**会議前日なのに飲み過ぎてしまう。大切なミーティングであっても、参加する
のもバカバカしいくらいの会議でも、もしくはその両方を兼ね備えたものでも。**

何か願いごとがあるときは、どうしても神頼みになってしまう。

**映画「愛と哀しみの果て」を観るたびに泣いてしまう。「ロバート・レッド
フォードが乗った飛行機が飛び立ちませんように」と祈りつつ。**

友人のなかでも、とりわけお気に入りの人がいる。何があろうと、許せてしま
う友人だ。

**一人静かにホラー映画を観ているときは、何があろうと部屋から出ない。たと
えトイレに行きたくなっても。再び陽が上り、明るくなるまでは。**

ニーチェが「Nietzsche」というスペルだということがすぐにわからなくなり、
毎回ウィキペディアで確認してしまう。

**朝、ベッドメイキングをする気になれない。そのうえ、シャツにアイロンをか
けるのさえ面倒くさい。**

自転車に乗っているとき、目の前を思いっきり車が横切ると、つい汚い言葉で
罵ってしまう。

**"悪い男"って聞くだけで興味が湧き、惹かれてしまう。「悪い男ほど避けるべ
き」ってわかっているはずなのに。**

読んでいたフリをしていたけれど、じつはまだ「戦争と平和」を読んだことが
ない。でも、気づいたらもっともらしく語れるようになっていた。

もう、あの頃とはちがう！

When a young woman says she hopes to look like you someday.

若い女の子に
「いつの日かあなたみたいになりたい」
と言われたとき。

陶芸に魅せられる
理由

　　れは夏の暑い日、17歳くらいのときだったと思う。
そ　パリの街を散策していたら、偶然、石畳の路地に迷い込んだ。目線
　　を上げると、通りの角に独特な雰囲気を放つ店を見つけた。一見、
なんの店かわからない。窓にはしおれた植物が吊るされ、なんとも言葉にでき
ない不思議な絵が描かれている。壁沿いには木片が並べられていて、木製の棚
には埃をかぶった花瓶がいくつも重ねられていた。

アーティストのアトリエ？　それとも時代に取り残されたニューエイジ風のレ

ストラン？　初めはそんなふうに思った。埃の積もった窓からそっと中を覗いてみると、人の気配が感じられた。年配の男女がフットスツールに座り、手を動かし作業している。思い思いに会話を交わす彼らからは笑みがこぼれる。回転する台の上で何かを両手で包み集中して作業している様子も見えた。ふと、小学校の美術の時間に父の日のプレゼントをつくった記憶が蘇る。そうか、ここは陶芸のアトリエなんだ。

かわいそうに、他にやることはないの？　とも思う。彼らの毎日を想像してみる。毎日午後の３時33分頃になると「今日はクロスワードパズルにする？それとも食材の買い出しに行く？　それともお昼寝？」。「いやいや、イヴォンヌやアンドレら友人たちを誘って粘土遊びをして時間を潰そうよ」。きっとそんな日々を繰り返しているんだ。

その場を立ち去る前に、もう一度彼らの方に目を向けてみた。そのやり取りを目にし、心がじんわりと温かくなっていくのがわかった。変な形になっていても集中して作業をしながらも時々、喜びで満たされているのがわかる。**こうした世界は、自分の両親の世代で消えてなくなってしまうのではないか。そんなことを考えながら、その場をあとにした。**私は、地球最後の恐竜の目撃者のような気分になっていた。編み物やトランプゲームのブリッジのように、"泥で形をつくる"なんて、一世紀後には誰も興味を持たない時代遅れのものになっているんだろうな。そう確信していた。

時がたち、目にした光景もその時の感情も少しずつ記憶から薄れていった。なんでもそうだよね。その瞬間は、さまざまな感情が胸の中を駆け巡るのに、悲しいかな、時間とともに忘れてしまう。そして気づけば21世紀という新しい時代に足を踏み入れていた。人生は何があろうと続いていくのだ。

でも、驚くことにこの物語には続きがあった。

古くからの友人とランチをしたある日のこと。彼女は「仕事を辞めるつもり」

　　　　　　　　　　　　4. 年齢、その曖昧な定義について

と打ち明けてくれた。「エゴとエゴのぶつかり合いだし、上司たちのレベルの低い権力争いに耐えられなくなって」ということらしい。自分の人生を根幹から変えてみたいのだという。心からやりたいこと、情熱を持てることに力を注ぎたいんだ、と。とはいえ、彼女は自身の決断に対し、私に何か言われるのではないかと少し迷っているふしもあった。確かに親友ではあるけれど、"スノッブなパリジェンヌ"の典型でもある私。きっと言い出しにくかったのだ。

「正直に言うね」と、彼女。私に意見を求めているのではなく、ただ賛成してほしいだけなのだと思う。彼女は、文芸の世界では名の知れた敏腕編集者の一人。そんな彼女が「じつは陶芸のアトリエを開きたいんだ」と口にした。

すぐさま返事をしようとしたら、いつもより一オクターブ高い声が出てしまっただけでなく、声が変に裏返ってしまった（自分の本当の気持ちがバレてしまうんじゃないかと慌てた時に出る声のトーンだ）。
「私みたいな初心者でも受け入れてくれるのかな？」
自分でも驚いたことに、口から滑り出たのはそんな言葉だった。

あの日の記憶が蘇ってくる。まるでマルセル・プルーストの「失われた時を求めて」のマドレーヌのようだ。少しだけビターな記憶が、アッパーパンチとなって顎を打ってくるような感覚。陽の当たる場所で輝きを振りまくような若い女性だった私も、手づくりのお皿が窯から焼き上がるのを心躍らせながら待っている、年齢不詳の女の人となっていた。

本音を言うと、この数カ月間、こうした考えはずっと心のなかにあった。4歳になる姪のシッターをしていて、彼女が取り憑かれたように粘土遊びをしているのを目にした日からずっと。姪が粘土遊びに飽きてどこかへ行ってしまっても、ダイニングルームのテーブルから離れることができなかった。何かがカチッと音を立てて自分を突き動かしていく。

自分の手を使い何かをつくり上げてみたい、柔らかな粘土に指を滑らせてみた

い。想像を膨らませていくと、時が止まったかのような感覚になった。私がいた部屋の壁はあっけなく姿を消し、空間が拡張していく。そして、映画「ゴースト　ニューヨークの幻」のデミ・ムーアに思いを巡らせた。誰の記憶にも残る、あの名シーン。そうだ、陶芸はセクシーなアイテムにだってなり得るんだ。「Oh, my love, my darling, I've hungered for your touch...」。忘れがたきあの曲が頭のなかを巡る。

そうして迎えたレッスン初日。クッションの上に座り、愛情を込めて粘土に触れた。ひたすら硬い粘土をこねていると、なんだか性的な快楽を覚えた気がして胸が高まった。"陶芸ポルノ"というハッシュタグをつけてもいいくらい。粘土を打ちつけ、引き伸ばし、さらに柔らかくして、こねて、そして撫でる。鼓動が落ち着き、身体も緊張から解き放たれていった。腰のあたりの身体の深いところから温かさが湧き出て、身体を巡ってくるような感覚。

緊張して向かったけれど、始めてみたら粘土遊びに夢中になってしまった、という感じ。少し不思議な気もするけれど、思いがけずやってきた、この幸福感はその後の生活の至るところにいい影響をもたらしてくれた。
できあがったのは、小さくて不格好な灰皿だったけれど。それをペーパータオルに包んで鞄に入れて帰る。それだけで、とても嬉しい気持ちに包まれた。

再び、10代の頃に目にしたあの小さな店、そして窓越しに見えた、笑顔で作業をしている人々のことを思い返した。彼らはみな陶芸を通して人生の楽しみを見い出し、豊かな日々を手にしているなんて考えもしなかった。それはオーガズムにも似た、究極の快楽とも言える。

10代の頃、「年を重ねたからこそ得られる喜びがある」という言葉を耳にしたときは、「それって病院通いが趣味になるとか、そういうことでしょ」なんて思っていた。でも、年を重ねるからこそ得られる喜びは確かに存在する。自分の想像や思い込みは完全に間違っていた。それを知ることができるのもまた、年を重ねることの喜びなのかもしれない。

格言を味方につけて

人生の先輩たちが残した「年齢」や「時間」についての名言や格言をここで少し紹介しておきたい。

祖母やその友人たちから聞いた言葉、そして本を読んだり、歴史に名を刻んだ女性たちのインタビューなどを通して目にしたりした言葉だ。「賢くてためになるな」と感じるアドバイスもあれば、「ちょっと変わっているな」と思うものも、「まったくもって理解不能！」なんて感じるものもあるかもしれない。戸惑わずにはいられないものもあれば、思いっきり笑ってしまうものも。

下記の名言を読んで、「わかる！」と感じる人もいれば、「まったく理解できない」と感じる人もいるだろう。だから、私たちが影響を受けたものをひとまず順不同で並べておく。参考にしてもらっても、まったく無視してもらってもどちらでも構わないわ！

"年齢を重ねたら、女性は「顔」か「お尻」か、どちらかを選ばなければいけない"

"誰もあなたの代わりに墓場には行かないから"

"何があろうと、あなたの人生だからね"

"闘いたいという気持ちを持つことは、闘う対象が何であろうと大切"

"年をとればとるほど、時間の流れが早くなる"

"壁を作るにも、一度に一つのレンガしか置けない"

"年齢は言い訳にはならない"

"顔がシワシワになればなるほど、服にはアイロンをかけたほうがいい"

"誕生日とは、前日から一日過ぎただけのこと"

"ただただ不快な人のために人生の大切な時間を無駄にするな"

もっと大胆に生きれば良かった、もっと多くの恋愛をしておけば良かった、と後悔しても仕方がない。そうしなかったということは、その時の自分はそうするつもりがなくて、準備も心づもりもなかったということ。そうしたことは、別の人に任せれば良かった、ということなんだ。

　　　　　　　　　　　　　4. 年齢、その曖昧な定義について

もう、あの頃とはちがう！

WHEN YOU'D RATHER
GO TO BED EARLY TO
MAKE THE MOST OF
THE NEXT DAY.

「明日のために早く寝よう！」と
前日からいそいそと準備をしてしまうとき。

　　　　　　　　　　　　　4. 年齢、その曖昧な定義について

"年をとるのは仕方がない。
でも、年寄りになる必要はない"

　　　　──ジョージ・バーンズ　コメディアン

"本番"までの
悩める時間

ナイトテーブルの上にあるのは、無造作に置かれた彼のスマホ。彼は一人、シャワーを浴びている。

衝動から逃れられない。悪いことだってわかっている。絶対にいけないことだ、と。でも運が良いのか悪いのか、彼のパスワードを知っている。

そして、そのスマホもまたじっとこちらを見て、まるで私を呼んでいるかのようなのだ。
手が震えているのが自分でもわかる。まだ迷いはある。決心がつかない。
"火遊びをすれば、火傷をする"。そんな格言が頭に浮かぶ。
そんなことはわかっている。他人のスマホを覗き込もうとすれば大惨事となり、結果的に慌てふためき、ときに真正面から砕け散る。

ではどうするべきなのだろう。読書の続きに戻ろうとするも、そんな気にはなれない。ただただ混乱している。こんな絶好のチャンス、なかなかない。自ら手放すつもり？ シャワールームのなかはどうなっているんだろう、と聞き耳を立てる。現実的に考えて、この後ろめたい行為をやり遂げるまでに残された時間は2分。パスワードを打ち込もうとする。でも、でも——。

さまざまな可能性が映画の早回しのようなスピードで頭の中を駆け抜ける。

＊パスワードを打ち込むや否や、心臓のドキドキが止まらず、発作が起きそう
　になる。

＊メールやワッツアップに届いているメッセージをスクロールしていく。

＊見慣れない名前を発見する。

＊疑惑のメッセージが届いていないかを探す。自分はその夜、なにをしていた
　かを思い出しながら。

＊ガツンと殴られたかのような衝撃のメッセージを見つけてしまって──。

＊頭に血が上る。激しくアドレナリンが出る。

＊求めていたのはこのドキドキ感、背徳感なのか。なぜだかよくわからないけ
　れど。

＊いくつかの不可解な言葉を見つけ、別のシナリオを思い浮かべる。

＊悲しくて、裏切られた気持ちになる。

＊シャワールームへ乱入し、大声で叫び、彼のスマホを振り回す。

＊大声をあげ、泣き叫び、彼に詰め寄る。

＊何時間も議論し、誰も手に負えない状態となり、ひたすら不機嫌になる。

シャワーの音がしなくなった。頭に浮かんだシナリオが正しかろうが、ただの被害妄想だろうが、パスワードを入れたらどんな展開が待ち受けているかは予想できてしまった。だから一度手にしたスマホを堂々とナイトテーブルの上に戻した。

エフォートレスに生きる

何か問題があれば、いつだってピルやサプリで解決できる。これは自分のモットーとも言えるもので、この考えは若い頃からまったく変わっていない。

20代なかばになると、低用量ピルではなく、モーニングアフターピルの力を借りるようになった（なぜなら、事前にピルを飲み忘れることが明らかに増えたから）。その後は痩せると言われる薬にも手を伸ばした。「これなら指一本動かすことなく、冬の間についた脂肪を落とせる」と信じて。実際はそんなわけがなかったけれどね。夏のヴァカンスの時期になっても、荷物を入れ込んだスーツケースと同じくらい、太ももはパンパンだった。それでも、こうした薬には絶大な信頼を寄せていた。

次にすがったのは、サプリ。この魔法のサプリのボトルさえあれば、夢はなん

でも叶う。そう信じていた。身の回りのすべてに腹が立って（もちろん自分に
も）、イライラが止まらない？　それはマグネシウムが足りないってことだね。
一日二回は摂取しないと、なんて言い聞かせていた。物忘れが激しい？　なら
オメガ3脂肪酸を好きなだけ摂取してみよう。記憶力を改善したり、集中力を
高めたりするにはこれしかない。髪の毛が薄くなってきた？　ならビール酵母
を朝食と夕食の時に取り入れたほうがいいね。終始、こんな感じだった。

月日がたつのが年々早くなっていく。さまざまな成分を混ぜ合わせ、妙な発明
を繰り返すマッドサイエンティストのような気分になってくる。ピルケースは、
おばあちゃんの薬箱以上に重たいものになっていく。そう思いながらもまた、
夕食の時間に一錠、口にする。結果は、というと、多かれ少なかれ納得のいく
ものだった。とは言え、他人に「気休めでしかないんじゃない」と言われたら
返す言葉がない。でも、気休めじゃダメなの？　なんて気持ちもある。

ピルやサプリが手元にないと不安で、どうしようもなく必要で、何よりも自分
自身が安心するためにそれらを側に置いておきたかった。それさえあれば、す
べてがうまく行くと思っていた。いま考えると、さすがに信用し過ぎていたと
思う。本当に効いているなんて保証もないのに、科学の力を信じきっていた。
何かあれば薬を頼ればいいんだし。そんなことを意識しすぎて、かえって病気
になっていた気がしなくもない。

そうは思ってみたものの、意志が弱いのが致命的だ。指をパチンと鳴らせば目
の前に現れて、解決に導いてくれるような、魔法の薬が欲しくてたまらない。少
しも努力することなく、問題がクリアになることを願わずにはいられないのだ。

そのことについて、真面目にじっくりと考えてみることにした。
でも、すぐに自分にこう問いかけた。

「こんなとき必要なのは、どんな薬だっけ？」

息子が母を
超える日

オンライン上での自分の存在感に、わりと満足していた。アカウント名は L。

インスタを始めたとき、自分のなかでいくつかのガイドラインを設けた。一つは、自分の顔はアップしないということ（さすがにセルフィーが許される年でもない）。もう一つは、やたらめったら家族の写真はアップしないということ（はっきり言って誰も興味ないと思うしね）。結果として、アップするのは風景や文化ネタ、そしてデザインのアイデア。そんな当たり障りのないものばかりだった。

なかなかバランスがいいと思っていたし、実際にセンスが似ているような人を中心に、何百人とフォロワーがいた。こうすることで、自分の顔をさらすことなく他人の投稿を何時間でも見続けることができたし、どんな相手であっても自分の身を守りつつ、好きなように批判することもできた。ガイドラインを設けている限りは、いわゆるSNSの落とし穴にハマることもないだろう。そんなふうに考えていた。けれど、友人の一人がニヤニヤしながら、「ビッグニュースがあるじゃない」なんて言い出した日から、状況が一変した。

「ニュースって何よ」
「息子に新しい彼女ができたんでしょ」
「……」
「写真、見てないの？」

なんとか会話を続けていたけれど、いまいち言っていることが理解できない。息子に、あの可愛い息子に彼女がいただけでなく、彼はインスタのアカウントを持っていたなんて——。

どんなアカウントなのか細かいことはまったくわからないけれど、母親である私の友人の申請を許可している。つまり、私の友達は私でさえ知らない息子の秘密の一面に触れることが許されているのだ。考えるだけで泣きたくなったけれど、なんとか堪えた。ここで取り乱すなんて子供じみているし、過剰に反応

し過ぎだと自分でも思う。でも、自分だけ仲間外れにされている感が否めない。だから、この現実を肯定する理由を探してみた。そうだ、子供のプライバシーは尊重してあげなくちゃ。たとえ、親と子の関係にヒビが入ったとしても。

家に帰って、リビングルームの椅子に腰を落ち着け本を開いた。そして、長男が帰ってくるのを待った。彼が家に戻るなり、「アカウント持っているなんて知らなかったよ」と声をかけてみた。
「え、何？」彼はそう返してきた。
「インスタのことよ」
「ああ」
「フォローさせてよね」
「ダメだよ。フォローしようとしても、リクエストを許可しないよ」
そうきたか。思いもしないところからアッパーカットが飛んできた。打たれたところがズキズキと痛む。彼の世界にアクセスすることを禁じられたのだ。

それからの数日間、アカウントの先にある世界について考え続けた。もちろん、自分の近いところにあるはずの子供の人生というものについても。何か大きな間違いをしたのだろうか、と考えてみる。自分では、"なんでも話せるクールな母親"だと思っていたのに。何より、息子の世界にアクセスすることを許された友人のことが頭から離れなかった。

家では、長男とはほとんど話をしなかった。彼に対し本気で怒っていたわけではないけれど、そのことについて自然に話題に出すのは難しいと判断して、あえて言及しないと決めた。口を開くや否や「インスタグラム」という言葉が口から滑り出してしまうのではないかと思うと怖くて仕方がなかった。次男は、というと、部屋に充満する異様な空気を感じ取り、どうしていいのかわからないような感じだった。
三人揃って夕飯の席に着いた夜。長男はパスタを食べながら母親の顔をじっと見て、ため息をつきながらこう切り出した。
「もう、わかったよ」

「何が？」

「インスタのフォローリクエスト、ちゃんと許可するから」

「許可して、なんてお願いしたつもりはないけれど」

彼は目線を泳がせながら、席を立ち、自分の部屋に行ってしまった。次男と二人残され、ここまでくるのになぜこんなにも時間がかかったのだろう、と考える。スマホを取り出し、フォローリクエストを更新してみた。何度繰り返しても、変化はなし。次男はそんな様子を見て、首を振っている。

「ちょっと待ってみたら」

「なんで？」

「いろいろ調整しているんでしょ」

「削除しているところってこと？」

「まあ、そうだろうね」

それを聞いて、思わず長男の部屋に乗り込みそうになってしまった。私生活を見せろと強要するつもりなとない。でも、「これをシェアしたい」という気持ちを私に対しても持ってほしかった。母親は、彼をこの世に送り出した人間でもあるわけだから。長男は戻ってきて、ダイニングテーブルに腰を下ろした。

「リクエスト、許可しておいたよ」

「私を許可する前に、何枚か写真を削除したんでしょ」

「……」

「ねえ、わかってる？　SNSはリトマス試験紙と言えるようなもの。母親に見せられないような写真は、そもそも投稿してはいけないのよ」

「……」

「どんな写真であれ、一度オンライン上にアップしてしまったものはそれがなんであれ、ずっとずっとつきまとってくるのよ」

「お母さん、一つ言っていい？」

「何？」

「僕もう18歳だよ」

もうあの頃とはちがう！

WHEN YOU FIND YOURSELF PUTTING MAKEUP ON EVERY DAY.

「私、毎日メイクをしている！」
と気づいてしまったとき。

完璧なフィット感はどれ？

堅苦しい印象を抱かせないのは、これ。

眼鏡は透明だけれど、彼女自身はどこかミス
テリアスな雰囲気。

どんどん視野を広げていく感じ。

「世界を変えたい」と考えている生真面目さん。
合言葉は、「私の師匠はガンジー」。

マルグリット・デュラス。

一筋縄ではいかないタイプ。
いろいろな側面がありそう。

ビッグチャンスを摑んだんだな、きっと。

サブリミナル眼鏡。類まれな人物である
ことをそれとなく伝えてくれる。

4. 年齢、その曖昧な定義について

"義理の子供たち" を迎えて

“**義**理の母” はフランス語で「Belle-mère」、直訳すると「美しき母」となる。偽善的？ 確かにそんな気もしてくる。義理の母の役割。それを改めて考えてみると、「なかなかやりがいがあるな」と感じることもあるし、「もう一度味わってもいいな」と思える瞬間もある。でも、時には子供たちも、父親も、何もかも放り出してしまいたい瞬間もある。

複雑な感情が芽生えるのは、たとえばこんなとき。

＊「本当の母親じゃないくせに！」と言われるとき。

＊父親には言えないような秘密を、自分だけに明かされるとき。

＊クローゼットの奥の方にしまっておいたお気に入りの服を「借りたから」と
　言われるとき。

＊子供たちの本当の母親は、なんでも自分よりもうまくこなしていたんだなと
　知ったとき。

＊気づいたら、自分の本当の子供のように気にかけていたとき。

＊自分の子供だったら、こんなに悪い態度は取らないだろうなと思うとき（も
　し自分の子供がいるのなら）

＊なんとか彼らに気に入られようと努力して実際に彼らに受け入れてもらうも、
　「自分の役割は、彼らが成長し、前へ向かって生きていく手助けをすること
　だ」と気づいた時。

＊実の母娘と間違えられそうなくらい、いい関係を築くことができた、と誇ら
　しい気持ちになるとき。

＊「本当の母親でないからって、見下すような話し方をしてはいけない」と自
　ら言葉で説明しているとき。

＊自分は期待していなくても、意外にも細かな気配りをしてくれているんだ、
　と気づいたとき。

＊子供たちの父親である恋人と別れたら、この子たちは自分のことなんて忘れ
　るんだろうな、と思うとき。でも彼と別れてから数年後、「あなたが必要」
　なんて言われることもあるから不思議だ。

成長するということ

10

代の頃、疑いもなく信じていたことがある。それは、「28歳になれば自分は"大人"になるのだ」ということ。

それにしても、なぜ28歳だったのだろう。数字自体が「大人」というのにふさわしい真面目な響きだったように思えたということもあるけれど、じつは消去法で選ばれた数字とも言えるかもしれない。「四半世紀」という区切りがいい数字よりも少し上で、「若い」と思うことに対し誰も文句を言わないであろう、最後の誕生日。少なくとももう学生ではないだろうし、自立しているだろうし、間違いなく実家を出て一人暮らしをしているだろうと考えたうえで設定した数字だ。思春期のややこしい恋愛からもきっと卒業している。そう信じて疑わなかった。子供について考え始めるのもそのくらいの年齢だろう。そんなふうにも感じていた。

両親や兄弟の手によって好きなように操られることもない。自分にしかできない仕事があり、しっかりと給料をもらっている。もしかしたら、周囲の人々にアドバイスを求められて、みんなそれを参考にして……なんてこともあるかもしれない。そんなふうに想像を膨らませていた。自分のために生き、そして自分に満足しながら生きているだろう、と。運転免許を取って、自由に乗り回して──。我ながら完璧なプランを思い描いていたのだな、と思う。

28歳になったら誰しもがこんな人生を送り、周囲の人はみな自分に信頼を寄せてくれて、一晩中外で過ごしたいと思ったら誰に許可を取る必要もなく、車も自由にレンタルできて、思いつきで行きたいところどこへでも行ける。基本的にやりたいことはいつでもどこでもできる、と思っていた。寝るのも、お酒を飲むのも、ドラッグに手を染めるのも、自分が使いたいだけお金を使うのも、

決めるのはすべて自分だ、と。

つまりは、二度と他人の言うことを聞く必要のない、真の自由を手にできるの
だと思っていた。

＊＊＊

28年とさらに何年かがたち、真実と対峙するときがきた。周囲は「マドモアゼ
ル」ではなく、「マダム」と呼ぶ。そういう意味では、確かに大人へと成長
したのだと思う。でも、実際になってみると、大人への階段を登る途中で立ち
尽くす子供のような気分のままだった。

第一に、運転免許など持っていない。いくつもの仕事を掛け持ちして、なんと
かストゥディオの家賃を払えるくらいの給料を手にしているような状態だった。
自分が思い描いていたようなキャリアは、どこにも見当たらない。事務処理が
苦手で、メールを開くのさえ億劫に感じてしまう。そんな自分に原因があるの
かな。きっと、そうに違いない。
恋のほうはと言うと、感情が燃え上がっていた高校時代の恋愛の足もとにも及
ばないものばかり。一夜限りの関係以上に、踏み込んだ関係になることも避け
た。思わせぶりな素振りをして、逆に疎（うと）まれたりもした。
順調に進んでいたはずなのに、どこで予定が狂ってしまったのだろう？

皮肉なことではあるけれど、20代の前半の頃は責任感が強く、ちょっと真面
目すぎと思われるような人生を送っていた。自分が大切にしたい"自由"を確
実に手にするべく、通過儀礼的なものはすべて行おうと決めていた。学校では
何でもこなせるいい子でいなければと思っていたし、仕事を見つけ、両親をが
っかりさせてはいけないと思っていた。現代の女性らしく、夜明け前に起床し
ていた。たとえ自分のアイデアが会社の上層部に盗まれたとしても、それを指
摘するようなこともしなかった。税金の申告は、丁寧すぎるほど丁寧に行って
いたし、それで社会に貢献できているということを誇りに思っていた。少なく
とも、形式だけでもそんなふうにしたい、と思っていた。

薄暗いアパルトマンの一室での、初めての一人暮らし記念パーティー。集まった友人たちもみな、仕事に疲れているせいか、目の下にクマをつくっていた。そんなとき、自問せずにはいられなかった。　私って大人なのだろうか？　大人ってこんなものなの？

だから30歳になろうかというときに、すべてを覆していこうと決めた。誰にも借りはつくらない。結婚もしないだろうと思ったし、他の人たちがそうだからといって子供を持とうとも思わなかった。みなが期待するような道の真逆を行こうと思っていた。

タバコを吸いながら、ひたすらオンラインポーカーをして夜を明かす。そんなことをしたって何にもならないことは自分でよくわかっていて、最終的には肌が黄色くなって肺癌というおまけもついてくるんだろうなとは思っていたけれど。ジャンクフードを食べ、シンクに山のように食器が積み重なっていたって、見て見ぬフリをしていた。自分を心配する親からのメールには返信もしない。自分の銀行口座の状態についても、知られないようにした。ワイルドな男たちが自分のもとにやってきたら、その先どうなるか知りたいというだけで、チャンスを与えてみたりもした。

それに、「40歳は新たな30歳」って言い方もするじゃない？　いまこの瞬間を生きていたいと思ったし、夢を追い続けるのなんてこれくらいにして、ただやってくる毎日を楽しみたいと思っていた。大人になるって、無責任になることであり、たまには悪さをしてもいい、ということ。そんなふうに捉えようともしていた。

けれど、30代というさまざまなことが移り変わっていく時期は、周囲の人々のことを見つめ直し、自分の考えを深めていく時間にもなった。いろいろなものの全体像が見えてきて、急に真実が目の前に現れた。知ったかぶりをして、真面目な顔をしてよくわからない話をしていた周囲の人々もみな、大人の衣装を纏った子供なのだ、と。

メイクをすれば、それらしく見える。スーツを着て、大人っぽい髪型にすればみな大人に見える。そして音節が複数あるかのように発音することで、大人はできあがる。つまりどれもこれも、「見せかけ」ということ。そんなことを思ったのは、自分よりも年上の人々がスーパーで静かに割り込んでくるようなこ

249

とがあったから。その時ばかりは彼らも大人のふりをする余裕もなければ、するつもりさえなかったのだと思う。「大人」という仮面を取り去ったのだ。

「大人になる」とは何か。それがようやくわかった気がする。それは単純に、「いま」よりも少しだけ先の未来と共にあるということ。
成長する。それはいつだって、明日からの自分にかかっている。

10歳若く見られるには

愛しいひとよ、バラを見にいこう——。フランスの女性たちはみな小学校で、そんな言葉から始まるピエール・ド・ロンサールの詩を学ぶ。ロンサールは16世紀を代表する詩人だ。これは若い女性に片思いをする詩人の物語であり、苦しい胸の内を抱える彼が庭のバラを見にきてほしい、と彼女に声をかける。二人は美しい花々が咲き誇る庭を散策する。そして帰り際、詩人は若い女性に対し「美しく見えるバラも実はすぐにしおれてしまう」という事実を伝える。いまは若く美しい彼女だって、いつの日か年をとり、しなびた花のように見劣りするものになってしまうんだ、と。そうした言葉を受け、彼女は若いうちに詩人の胸のなかに飛び込まなかったことを後悔する——。つまり、ロンサールは彼にできる最大の"復讐"をしたのだ。

フランス人女性たちはそこからこんなことを知る。「若さがもたらす美しさは時間とともに失われていくもので、年をとってからの日々のために今から準備をしておかなければいけない」と。

そう、若い娘が好きなロンサールから学ぶことは多いのだ。彼には感謝しなければいけないくらい。私たちは8歳にして、「時間と闘う術はない」ということを学ぶ。「時間」というものを前にしてはどうやったって負ける。けれど、「いい時代はあっと言う間に過ぎる」ということがわかってしまえば備えておける。それまでに何をするべきか、考えるだけの時間は充分にあるからだ。

「フランス人女性は良い年のとり方をする」と言われる理由はそんなところにもあるのだと思う。「若さ」というものに執着したりしない。負け戦だとわかっているから。それよりも、実際よりほんの少しだけ若く見られたらいいな、と思う。両者の違いは些細なものだと思うかもしれないけれど、この違いってじつはとても重要！

「いまの顔で楽しまないと10年後、後悔するよ」。フランス人女性の頭のなかにはそんな考えも渦巻く。二十歳に見えるようにケアするのではなくて、いま

よりも10歳だけ若く見えるよう、自分自身をケアしていく。自分の本当の年齢を隠す必要はなくて、むしろ自分は何歳と口にしては相手に驚かれるのを楽しみたい、とさえ思っている。「本当に？　そんなことないでしょ！」なんて言われながらね（なかには、より若く見せるために2、3年、年齢を盛る、なんて人も）。10歳若く見えるよう日々努力する。それはフランスの国民的スポーツとも言ってもいいくらい。そしてそのための技術やスキルを磨き続ける。そんな努力をしているなんて、決して周囲からはバレないように。

この繊細な作業を滞りなく進めるために必要ないくつかのティップスを。

＊Tシャツやセーターなどルーズな服よりも、なるべくぴったりとした洋服
　（シャツやジャケット）や生地を選ぶこと。もしくはそれらをミックスして
　みて。ルーズなTシャツの上にぴったりとしたジャケットを羽織るなど。

＊少しだけマスキュリンな、コットンもしくはリネンの白いシャツは万能なア
　イテム。

＊首筋や鎖骨を綺麗に見せてくれる完璧なTシャツを一枚は持っておくこと。
　とはいえ、どれくらい開けるかも大切なポイント。「見せる」のではなく、
　あくまで「ほのめかす」ことが大切。そのほうが気になって仕方がないから。

＊好奇心旺盛で、貪欲であるだけで充分若く見られる。豊胸手術をするよりも
　よっぽどいい。

＊手足の先の方まで意識を傾けてみて。例えば手（指の爪も）や足（靴も）、
　そして頭や髪の毛まで。

＊もっとも大切なのは、顔色。なので、とにかく顔色がよくなることに時間を
　かけるべき。それからマスカラをさっと塗ればできあがり。

4. 年齢、その曖昧な定義について

＊写真に映る際は、何よりも笑顔で！　膨れっ面よりもずっと可愛い。顔のほ
　かのパーツを自然に伸ばすことができて、フェイスリフトをしているような
　ものだから。

＊タバコを吸うのをやめてみる。すぐに肌の質が変わるから。

＊鏡に映った自分を見る時間をなるべく減らしてみる。それよりも、もっと他
　のことに関心を持ってみて。

＊本を読むこと。でも、ピエール・ド・ロンサール以外の本ね！

＊常に顔色を良くしておくためには、肌を完璧な状態にしておくことが欠かせ
　ない。メイクは毎晩必ず落とすこと。メイクをしていない日も汚れはきちん
　と拭き取るようにして。

＊大切なのは肌にどう向き合うかであって、肌の張り具合が問題なのではない。
　だって、若さとは自由と喜びがあるだけでなく、太ももまでもパッパツなん
　だから！

＊何にでも、誰に対しても興味を持ち、好奇心を持ち続けて。

＊たいして美味しくないウォッカを何杯も飲むくらいなら、いいワインを一杯
　飲むほうがずっといい。

＊なるべく太陽のもとへ出ていこうとすること、そしていい帽子といい日焼け
　止めを買うこと。キャビアと同じくらい高いフェイスクリームに比べたら安
　いものだし、より効果的だから。

＊やたら細い体型でいると、肌はくすんで見え、疲れているようにも見えるし、
　ハリもなくなる。痩せすぎでいるのは何のメリットもなくて、むしろ10歳

年老いて見えるくらい。

＊深部組織までマッサージをすれば、フェイスリフトをする必要もなくなる。
　パリジェンヌたちは、高い技術を持つスペシャリストのいるアドレスを常に
　教えあっている。これが美を保つための秘密であり、長い目で見ての"投
　資"とも言える。一カ月に一回マッサージに通うことで、美容整形は遠のい
　ていく。

＊眉毛には常に気をつかうこと。抜きすぎはよくないけれど、ひたすら生やし
　ておいてもダメ。

＊砂糖には気をつけて。アルコールでもお菓子でも、ソーダでも。砂糖は見か
　けにも影響を及ぼし、疲れたように見えてしまうので要注意。

＊自分の母親をよく見てみて。欠点を含め、よく母親のことを研究してみて。

気づけば
乗り越えていたこと

・報われない、一方的な恋

・出産

・そしてやってくる、出産直後のハードな何カ月間の日々。

・その人のことを批判したメッセージを、当の本人に送ってしまう。きっと友達でも何でもないのだろう。

・燃え尽き症候群。充実したキャリアを積むためには必須のようになってしまっている。

・離婚

・耐えられないほどの孤独

・禁煙

・いまや何も覚えていないような相手のイニシャルを彫ったタトゥー。イニシャル以外には何も覚えていない。

・お気に入りのテレビシリーズが終わってしまったという現実。

"変わらぬパリ"が感じられる
おすすめスポット

ホテル

パリで田舎気分を味わうなら

■ オテル・デ・グランゼコール

HÔTEL DES GRANDES ÉCOLES

75 Rue du Cardinal Lemoine, Paris 05

1870年代から続く"邸宅ホテル"

■ オテル・ラングロワ

HÔTEL LANGLOIS

63 Rue Saint-Lazare, Paris 09

1900年代に生まれた
チュイルリー公園を望むなら

■ オテル・レジーナ・ルーヴル

HÔTEL RÉGINA LOUVRE

2 Place des Pyramides, Paris 01

19世紀を感じられるホテルといえばここ!

■ オテル・ショパン

HÔTEL CHOPIN

46 Passage Jouffroy, Paris 09

レストラン

典型的なパリのブラッスリー
■ ブラッスリー・リップ
BRASSERIE LIPP
151 Boulevard Saint-Germain,
Paris 06

ミシュラン星つき
1930年代から続くブラッスリー
■ ラ・プル・オ・ポ
LA POULE AU POT
9 Rue Vauvilliers, Paris 01

伝統的なフレンチを味わうなら
■ ル・プティ・サン・ブノワ
LE PETIT SAINT BENOIT
4 Rue Saint-Benoit, Paris 06

創業は1896年!
■ ブイヨン・シャルティエ
BOUILLON CHARTIER
7 Rue du Faubourg Montmartre,
Paris 09

ビュット・ショーモン公園の中心にある
広大なテラスが目印
■ パヴィヨン・プエブラ
PAVILLON PUEBLA
Parc des Buttes Chaumont, Avenue
Darcel, Paris 19

1900年創業、
駅構内にある豪華なレストラン
■ ル・トラン・ブルー
LE TRAIN BLEU
Gare de Lyon, Place Louis-Armand,
Paris 12

1900年創業のグルメなビストロ
■ ル・シャルドゥヌー
LE CHARDENOUX
1 Rue Jules Vallès, Paris 11

古きよき時代が蘇る
■ ル・ヴェール・ア・ピエ
LE VERRE À PIED
118 Rue Mouffetard, Paris 05

歴史に名を残す中華料理店
■ ル・プレジダン
LE PRÉSIDENT
120 Rue du Faubourg du Temple,
Paris 11

コンサート帰りに立ち寄るなら
■ オ・ブフ・クロネ
AU BOEUF COURONNÉ
188 Avenue Jean Jaurès, Paris 19

1930年代のデザインの中で
パリーのクスクスを
■ シェ・オマー
CHEZ OMAR
47 Rue de Bretagne, Paris 03

歴史あるシーフードブラッスリー
■ ル・ウェプレール
LE WEPLER
14 Place de Clichy, Paris 18

ビストロ風の入り口を抜け味わう
日本の味
■ 国虎屋 2
KUNITORAYA 2
5 Rue Villédo, Paris 01

カフェ

サン・ジェルマンの
カフェバーといえば！
■ ル・ルケ
LE ROUQUET
188 Boulevard Saint-Germain,
Paris 07

リュクサンブール公園から歩いてすぐ
■ カフェ・フルリュ
CAFÉ FLEURUS
2 Rue de Fleurus, Paris 06

ベル・エポックを感じるティールーム
■ アンジェリーナ
ANGELINA
226 Rue de Rivoli, Paris 01

和菓子を楽しめるカフェ
■ トラヤ　パリ
TORAYA
10 Rue Saint-Florentin, Paris 01

蚤の市にある、ジャズ好きのたまり場
■ ラ・ショップ・デ・ピュス
LA CHOPE DES PUCES
122 Rue des Rosiers, Saint-Ouen

バー

30年代のジャズが気分なら
■ローズバッド
ROSEBUD
11 Rue Delambre, Paris 14

創業100年超えの
ニューヨークスタイルのバー
■ハリーズ・ニューヨーク・バー
HARRY'S NEW YORK BAR
5 Rue Daunou, Paris 02

50年代の雰囲気を体感して
■シェ・カミーユ
CHEZ CAMILLE
8 Rue Ravignan, Paris 18

踊れる老舗ジャズホール
■ル・カヴォー・ド・ラ・ユシェット
LE CAVEAU DE LA HUCHETTE
5 Rue de la Huchette, Paris 05

ショッピング

ナチュラルな香水、そして
スキンケアアイテムを見つけに
■オフィシーヌ・ユニヴェルセル・
ビュリー 1803
**OFFICINE UNIVERSELLE
BULY 1803**
6 Rue Bonaparte, Paris 06

シックな陶器が勢揃い
■アスティエ・ド・ヴィアット
ASTIER DE VILLATTE
173 Rue Saint-Honoré, Paris 01

ファインアート専門の書店
■リブレリー・ド・ノーブル
LIBRAIRIE DE NOBELE
35 Rue Bonaparte, Paris 06

英語の書籍専門の老舗書店
■シェイクスピア・アンド・
　カンパニー
SHAKESPEARE & COMPANY
37 Rue de la Bûcherie, Paris 05

1826年から続くパサージュで
ショッピングを
■ギャルリー・ヴェロ=ドダ
GALERIE VÉRO-DODAT
19 Rue Jean-Jacques Rousseau,
Paris 01

ヴィンテージジュエリーを探すなら
■ダリーズ
DARY'S
362 Rue Saint-Honoré, Paris 01

アンティーク蚤の市
■マルシェ・ヴェルネゾン
MARCHÉ VERNAISON
99 Rue des Rosiers, Saint-Ouen

豊富な品揃えが魅力
1920年から続く、生地屋街
■マルシェ・サン=ピエール
MARCHÉ SAINT-PIERRE
2 Rue Charles Nodier, Paris 18

中東及びアジアの食材が豊富な
エピスリー
■イズラエル
IZRAËL
30 Rue François Miron, Paris 04

1921年から続く
いかにもパリ！　なマルシェ
■ マルシェ・モンジュ
MARCHÉ MONGE
1 Place Monge, Paris 05

1843年から続く屋内マルシェ
■ マルシェ・ボヴォー
MARCHÉ BEAUVAU
Place d'Aligre, Paris 12

オーヴェルニュ地方の食材が揃う
■ シェ・テイル
CHEZ TEIL
6 Rue de Lappe, Paris 11

レトロなタルト専門店
■ レ・プティ・ミトロン
LES PETITS MITRONS
26 Rue Lepic, Paris 18

チョコレートといえばここ！
■ ア・ラ・メール・ド・ファミーユ
À LA MÈRE DE FAMILLE
35 Rue du Faubourg Montmartre,
Paris 09

パリに来たら立ち寄ってみよう

80年代から続く歴史あるプールへ
■ ピッシーヌ・パイユロン
PISCINE PAILLERON
32 Rue Edouard Pailleron, Paris 19

1920年代から続く映画館
■ ル・ルクソール
LE LOUXOR
170 Boulevard de Magenta, Paris 10

独立系ミニシアター
■ クリスティーヌ21
CHRISTINE 21
4 Rue Christine, Paris 06

ヒスパノ・ムーア様式のモスク
■ グランド・モスケ・ド・パリ
**LA GRANDE MOSQUÉE
DE PARIS**
2 bis Place du Puits de l'Ermite,
Paris 05

ギュスターヴ・モローが暮らした
自宅兼アトリエ
■ ギュスターヴ・モロー美術館
MUSÉE GUSTAVE MOREAU
14 Rue de la Rochefoucauld,
Paris 09

オペラ座でバレエを観る
■ パレ・ガルニエ
PALAIS GARNIER
Place de l'Opéra, Paris 09

1851年から続く学生図書館
■ ビビリオテック・サン＝
　ジュヌヴィエーヴ
**BIBLIOTHÈQUE SAINTE-
GENEVIÈVE**
10 Place du Panthéon, Paris 05

彫刻家アントワーヌ・ブールデルの
アトリエ
■ ブールデル美術館
MUSÉE BOURDELLE
18 Rue Antoine Bourdelle, Paris 15

彫刻家ブランクーシのアトリエを再現
■ アトリエ・ブランクーシ
L'ATELIER BRANCUSI
Place Georges Pompidou, Paris 04

おすすめスポット

謝　辞

　以下の方々に心からの御礼を言いたい。

　シェレイ・ワンガー、スザンナ・レア、マーク・ケスラー、ベット・アレクサンダー、ペイ・ロイ・コアイ、ナジャ・バルドウィン、クリスチャン・ブラッグ、そしてBLK DNMのヨハン・リンデベリ。

　アングロマ、カミーユ・アルノー、ジョゼフ・ベリンガー、マルク・ル・ビアンのヨアン・ベンザカン、ベレスト一家、ディアンヌ・カルカッソンヌ、シャネル、フィリップ・セルボンスキー、ディアナ・チェン、シェルトック一家、リズレイン・エル・コーエン、ロラン・フェティス、ギィ・フィッシャー、サライ・フィッツェル、フランソワ・ガヴァルダ、ケリー・グレンコース、クレモンティーヌ・ゴールドザル、オノリーヌ・グエス、アリゼ・グイノシャ、セバスチャン・ハス、ラファエル・アンバーガー、ルブナ・カールミッツ、ラダ・パリ、ヤエル・ラングマン、レミ・ド・ラカンタン、マグダレナ・ラウニザック、マーク・ル・ブルシェ、ゼン・ルフォー、アキロ・ルフォー、そしてルフォー一家、マーク＝エドゥアール・レオン、セーフ・マネジメントのサイフ・マーディ、ステファン・マネル、テッサ・マネル、マス一家、ジュール・マス、アルチュール・マス、アマンダ・メッセンジャー、ジュディス・メヤーソン、ジャクリーヌ・ンゴ・エムピィ、

プリシィル・ドージェヴァル、ライアン・ウイメ、ロレンゾ・パイノ・フェルナンデス、ベルトラン・ル・プルアール、ナタリー・ポートマン、アントン・ブポー 、ヤロル・ブポー 、エルサ・ラコトソン、アン・ロジェ＝ラカン、ファブリス・ロジェ＝ラカン、ヨアキム・ロンシン、グザヴィエ・ド・ロズネイ、ロレンソ・サンタンナ、セリーヌ・サヴォルデリ、スー・シヌヴォン、ストゥディオ・ゼロ、ロドリゴ・テイシェイラ、アリックス・トムセン、クレール・トラン、カミーユ・ヴィザヴォナ、レベッカ・ズロトヴスキ。

Credits

Photograph: Bertrand Le Pluard

著者

カロリーヌ・ド・メグレ　Caroline de Maigret
1975年生まれ。ソルボンヌで文学を学んだのち、ニューヨークにわたりモデルとして活躍。2013年からシャネルのアンバサダーを務め、現在は家族と共にパリ在住。音楽・ファッション活動だけでなく、女性や子供の権利の提唱にも積極的に取り組んでいる。

ソフィ・マス　Sophie Mas
1980年生まれ。パリ政治学院とHEC経営大学院修了後、フランスとアメリカで映画プロデューサーとして活躍。代表作に『君の名前で僕を呼んで』と『アド・アストラ』などがある。最近、ナタリー・ポートマンと共同で制作会社を立ち上げた。

訳者

古谷ゆう子（ふるや・ゆうこ）
ライター、翻訳家。幼少期からの13年間をドイツ、フランスで過ごす。映画を始めとするカルチャー、ライフスタイルなどを中心に執筆。訳書に『パリジェンヌのつくりかた』（早川書房刊）など。

40過ぎてパリジェンヌの思うこと

2021年11月20日　初版印刷
2021年11月25日　初版発行

著者　　　カロリーヌ・ド・メグレ
　　　　　ソフィ・マス
訳者　　　古谷ゆう子
発行者　　早川　浩

印刷所　　株式会社精興社
製本所　　大口製本印刷株式会社

発行所　　株式会社　早川書房
郵便番号　101-0046
東京都千代田区神田多町2-2
電話　03-3252-3111
振替　00160-3-47799
https://www.hayakawa-online.co.jp

ISBN978-4-15-210063-4 C0098

パリジェンヌのつくりかた

カロリーヌ・ド・メグレ、ソフィ・マス他
古谷ゆう子訳

How to Be Parisian Wherever You Are

46判仮フランス装

HOW TO BE PARISIAN
WHEREVER YOU ARE
+
LOVE, STYLE, and BAD HABITS

Caroline de Maigret + Anne Berest + Audrey Diwan + Sophie Mas

パリジェンヌの
つくりかた

ナチュラルで自由気まま、誰にも媚びないけれど愛され上手。
世界のあこがれ、パリジェンヌのすべてがここにある！

カロリーヌ・ド・メグレ、アンヌ・ベレスト、オドレイ・ディワン、ソフィ・マス　古谷ゆう子訳

**カラー写真満載、
パリ好きのための新バイブル**

ナチュラルで自由気まま、誰にも媚びないけれど愛され上手。世界のあこがれ、パリジェンヌの掟とは？　必須のファッションアイテムは？　結婚や子育てのこだわりは？　必読本やオススメの店は？　パリ育ちの女性四人が明かすパリジェンヌの素顔に誰もが恋する！